KB080681

너와 바꿔 부를 수 있는 것

너와 바꿔 부를 수 있는 것

강우근 시집

창비

차
례

제1부

010 하루 종일 궁금한 양초

011 어두워지는 푸른 불

014 파피루아

016 너와 바꿔 부를 수 있는 것

018 민무늬 탁자

020 물고기 숲

022 물고기 비가 내리는 마을

025 유성

028 소원

030 나무들의 마을

035 검은 고양이

038 우리의 바보 같은 마음들

제2부

042 　　단 하나의 영상에서 돌고 도는 기념일

045 　　모두 다른 눈송이에 갇혀서

048 　　일렁일 때까지 일렁이고 싶은 마음

050 　　다람쥐가 있던 숲

053 　　엄마의 정원

056 　　태풍 같은 사람이 온다면

058 　　우산을 어느 손으로 쥐어야 하나

060 　　우산들

062 　　언제나 붉은 금붕어가 있다

064 　　어느 날 17층에 있다는 것

066 　　목욕탕

069 　　신호

072 　　단순하지 않은 마음

074 　　점선으로 만들어지는 원

제3부

080   함박눈

081   환한 집

084   어디선가 하얀 집이 지어지고 있다

086   말차의 숲

089   주전자가 할 수 있는 일

092   무용하고도 기나긴 용

094   그림을 못 그리는 화가 지망생의 편지

098   설이가 먹은 것들

101   우리가 모르는 수십억개의 계단들

104   모든 표정이 죽어간다는 것

107   투명한 병

110   저녁을 천천히 먹어야 한다

112   네가 무슨 생각을 하든지 괜찮지만,
           그 마음만은 가지지 말아줘

114   빛은 나를 빠져나갈 수밖에 없는 기차

116   희망

118   고요한 연은 하늘을 몇번이나 뒤집고

제4부

122　　우리는 1층에서 자유로워

124　　투명한 원

127　　그 돌을 함부로 주워 오지 말아줘

130　　공룡 같은 슬픔

132　　세상의 모든 과학자

135　　끝나가는 원

137　　유령들의 드럼

140　　비행하는 구름들

141　　비밀

144　　우리가 매일 지나치는 것

147　　너의 신비, 그것은 세계의 신비

150　　또다른 행성에서 나의 마음을 가진
　　　　누군가가 살고 있다

152　　단 하나뿐인 손

154　　해설 | 김미정

173　　시인의 말

제 1 부

하루 종일 궁금한 양초

하나의 불이 꺼질 때 나의 영혼이 어디로 옮겨 가는지 궁금해

내가 희미해질 때 왜 나를 둘러싼 사람들의 얼굴은 전부 검게 물들어가는지

내가 사라질 때 또다른 빛을 보는 아이들의 표정은 얼마나 생생할까

어디선가 달리고 있을 아이들은 모래알처럼 빛이 날까, 초원의 풀처럼 자꾸만 솟아날까

용기가 없는 사람의 용기가 정말로 궁금해

잠들기 싫은 날에 나를 오래도록 켜놓은 사람의 다음 날이

힘을 내려고 밥을 푹푹 떠먹는 사람의 아침 인사가 궁금해

공기 중에 떠다니는 이 하얀 연기는 내가 말하는 방식일까, 당신이 말하는 방식일까

사람들은 영원히 살 것처럼 나를 자꾸만 피운다

나는 당신에게 몇분의 기억이 될 수 있을지

당신이 읽는 책의 다음 페이지가 궁금해

당신이 울면서 했던 기도가 이루어졌을

세계에서 당신이 지을 환한 미소가

어두워지는 푸른 불

바다는 아름다운 푸른 불이었다 친구들은 그 아름다움에 뛰어들면서 티셔츠를 입듯 불을 껴안게 되었다 우리는 바다라는 푸른 불을 몇겹이나 입을 수 있었다

모래사장에서 어른들은 잠이 안 오는 날 켜둔
촛불 같은 모습으로 우리를 바라보았다

해가 바다에 가라앉으면서 우리의 푸른 몸은 점차 주황빛으로 물들고 까매지고

서로 다른 악기가 내는 소리를 연주회가 가져가는 것처럼 바다가 잠시 우리의 목소리를 가져갔다

해맑던 어른들의 표정은 왜 슬프게 보였는지
조금씩 몸에 무게를 실어 바다 밑으로 향할 때마다 어른들이 나를 부르는 소리가 들렸다

심해를 보려는 아이에게는
그 아이에게 해당하는 어둡게 닫힌 상자가 하나 있었다

마을에서 실종된 아이의 사물함을 열어보지 못하는 선생
의 마음이 내게도 있었다 나는 그 아이를 짝사랑했다

타닥타닥 파도 소리가 들려올 때마다 우리가 사랑했던 모
든 존재의 테두리가 타오르고 있었다

우리와 같이 뛰어놀던 초원의 개를 떠올리면 초원의 개가
높게 차고 함께 올려다본 공을 떠올리면 허공의 공이
끝에서부터 지워지고 있었다

잔량의 불이 넓고 푸른 불 한가운데에 있는 나를 쳐다보
며 사라졌다

잠시 몸에 푸른 불이 붙었던 아이들은
모래사장에 몸을 눕히면서 불을 털어내는 방식을 배워
갔다

나는 어쩐지 불이 뜨겁다는 감각을

잊어버린 지 오래였다

세상의 너무 많은 슬픔을 들어서
귀가 어두워진 나의 미래처럼

파피루아

　우리는 선생님의 인솔 아래 스케치북을 들고 공원으로 향했다. 친구들은 팻말이 달린 나무를, 작은 참새를, 하늘을 떠다니는 구름을 그리기 시작하고

　나의 눈앞에는 푸른 나비가 어른거렸다.

　일회용 카메라를 드는 사이 다른 세계로 떠난 나비를 스케치북에 되살렸다.

　방과 후에는 도서관에서 나비 도감을 펼쳐보았다. 삼천종이 넘는 나비를 한마리씩 넘기는 사이 책을 읽던 친구들은 떠나가고, 해는 저물어가고, 공원에서 본 푸른 나비는 찾지 못했지만

　도서관을 나온 푸른 저녁에
　나는 문득 파피루아라고 불러본 것이다. 그리고 파피루아는

　종교가 없는 내가 성당에서 처음 기도를 올릴 때 떠올랐

다. 군복을 입은 전우들은 각자의 소원 속에서 눈을 감았다.
내가 속으로 파피루아라고 말하면

검은 세상에서 푸른 불과 같은 날개를 저으면서 유년의
나비가 오고 있었다.

눈을 뜨면 우리는 대열을 맞추면서 다른 장소로 이동해야
했다. 연병장을, 숲의 계단을, 사격장을,
어쩌면 한 사람에게 찾아오는 기쁨이 다른 사람에게는 슬
픔으로 옮겨지는 장소로

흔들리는 총을 어깨에 메고, 물통을 허리춤에 차고

여기서는 반딧불이가 보인다고 누군가 말했지만
그건 파피루아같이 우리가 알지 못하는 것이었으면 좋겠
다고 생각했다.

너와 바꿔 부를 수 있는 것

네가 가까이 다가갈수록 너를 그것과 바꿔 부를 수 있을
것이다

창가에 키우는 식물이 많아질수록 너의 습관과 기분은 달
라져 있을 것이다

식물에는 모두 그 씨앗을 흙 속에 묻은 정원사의 영혼이
담겨 있어

죽어가는 식물에서 조심스레 흘러나온 영혼이 너로 하여
금 단단한 씨앗을 짚게 할 것이다

한밤중에 너에게서 빠져나온 이상한 꿈들은 방향을 어디
로 바꿀지 모르는 꼬리처럼 너를 따라다닐 것이다

너는 한마리의 고양이를 좋아했기에 앞으로

얼룩과 울음소리가 다른 세마리의 고양이가 품 안에서

털을 날리며 살아가는 것을 경험하게 될 것이다

좋아하는 색을 더 좋아하게 되면서

멀쩡한 파란색 후드티가 없게 될 것이다

투명한 컵이 있어서 그 잔에 물을 계속 따르듯이

넓은 탁자를 두었기에 집에 초대하는 사람이 많아지듯이

거실에 들여놓은 나무 가구들은 커튼을 걷어

해가 들어올 때마다 새로워질 것이다

네가 바깥에 나가 있는 동안 집 안의 나무들은 너에 대한 대화를 나누고 있을 것이다

　네가 남겨놓은 얼룩을 셔츠의 끝자락처럼 만지작거리고 있을 것이다

　네가 가방 속에 넣어둔 작은 열쇠가 쓰일 때마다

　정말로 네가 원하던 것을 알게 될 것이다

　그러나 너의 몸속에서도 작은 열쇠를 찾을 수 없을 때

　너는 누군가가 사라진 것들과 함께 이 마법 창고를 옮기는 것을 볼 수밖에 없을 것이다

　그러니 마법 창고가 텅 빌 때까지 너는 너에게 대화를 요구하는 사물을 거리에서 데리고

　집으로 돌아오는 발걸음을 멈추지 않을 것이다

민무늬 탁자

할아버지는 견고하고 튼튼한 탁자를 만드는 솜씨가 좋았
으나
탁자에 새로운 무늬를 새겨 넣는 것엔 관심이 없었다.

세상에는 탁자에 새로운 무늬 넣기를 원하는 의뢰인과 함
께 너무 많은 가구 디자이너가 생겨났고

민무늬 탁자는 더이상 팔리지 않았지만
할아버지는 가만가만 지켜보았지. 집 마당에 놓인 민무늬
탁자에 가끔 새들이 내려앉고 고양이가 올라가는 것을, 낙
엽과 눈이 쌓이는 것을…… 그리고

오랜 후에 창고에서 발견된
할아버지의 유산 같은 민무늬 탁자들
이제 우리의 마음속에서 무늬를 만들어낸다.

민무늬 탁자는 거실 한가운데에서 맨몸으로 맞서고 있다.
쏟아지는 햇빛을 가득 받으면서. 자연스럽게 탁자에는 그을
음이 생기고, 접시에 담긴 과일이 흘러내리고, 얼룩이 번지

고. 나는 탁자의 무늬가 우연적으로 생겨나는 것을 본다. 칠이 벗겨지기도 하면서

탁자는 마침내 흉내 낼 수 없는 하나의 무늬로 흔들거리고 있다. 나는 그 위에 고급 테이블보를 깔지 못한다. 주말 오후, 햇빛이 스며들면 할아버지가 나를 가만가만 쳐다본다. 오래오래 빛을 받으면서 환해진 얼굴로, 곧 사라질 것만 같은 모습으로. 나는 탁자가 오래도록 빛에 붙들리기를 원한다.

물고기 숲

  우리가 숲에 도달하기 전에 숲은 스스로 원하는 대로 움
직이기 마련입니다. 가꾸어지지 않은 숲이 무슨 꿈을 꾸는
지 우리는 알지 못합니다. 숲을 이루는 나무들의 수많은 잎
은 어느새 물고기가 되어서 헤엄을 치고 있습니다. 우리가
보지 못하는 동안 물고기들은 이 나무와 저 나무로 옮겨 다
닙니다. 헤엄을 치는 물고기들이 나무와 나무 사이에서 머
뭇거리면서. 물고기가 적은 나무는 물고기가 많은 나무가,
물고기가 많은 나무는 물고기가 적은 나무가 되어갑니다.
비가 내릴 때면 물고기들의 이동은 훨씬 활발해집니다. 숲
은 더 활기차고 깨끗해지고 있습니다. 새로운 빛처럼 물고
기가 나무 위로 튀어 오릅니다. 물고기를 흘려 보낸 기억과
함께 숲은 새 물고기와 어우러지고 있습니다. 지금 막 물속
에서 얼굴을 내민 물고기는 자신이 어디까지 갈지 시험하고
싶어집니다. 빛을 내는 물고기들의 행렬이 돌아다니면서 숲
의 범위가 늘어나고 있습니다. 꿈속의 공간이 제약 없이 이
루어지듯이. 파르르 꼬리를 떠는 물고기들의 행렬은 숲의
범위를 정하는 일을 모릅니다. 사람들은 숲에서 길을 자주
잃어버릴 수밖에 없습니다. 이 숲의 관리인은 표지판과 나
무의 이름이 적힌 팻말을 짊어지며 오르고 있지만, 물고기

들은 그저 가보지 않은 곳으로 유영하면서 영원할 것 같은 꼬리를 흔들고 있습니다.

물고기 비가 내리는 마을

물고기 비가 내리는 마을이 있습니다 그 마을 사람들도
왜 물고기 비가 내리는지 모릅니다

예기치 않게 비가 내려서

물고기를 잡으러 다니는 사람이 있고, 물고기를 촬영하여
미디어에 알리는 사람이 있고, 물고기를 조용히 냇가에 풀
어주는 사람이 있습니다

마을 사람들의 마음속에서 다른 의미로 물들어가는
물고기의 축제는 슬프고 괴롭고 아름답기도 합니다

빗물 속에서 죽어가거나 촬영되거나 헤엄치는
물고기의 투명한 비늘에는 사람들의 눈동자가 일렁입
니다

물고기 비가 내리지 않을 때에도 투두둑, 투두둑
비 떨어지는 소리에 사람들은 바깥을 나가봅니다

22

심해처럼 어두운 밤하늘에서
저마다 다르게 비치는 물고기의 몸짓을 눈으로 따라가다
보면

동공처럼 밤하늘을 유영하는 물고기는
소멸하는 별처럼 터질 때가 있습니다

밤이 찾아오면 창문마다 생겨나는 물결들
물고기들은 잠든 마을의 창문과 창문 사이로 헤엄을 치며
지나가고 투두둑, 투두둑

"저기를 봐"
자고 있는 사람을 깨울 때

닿을 수 없지만 한없이 가까워지는 물고기들
사람들은 마음속의 칼을, 카메라를 내려놓습니다

냇가에 물고기를 풀어준 아이들은

다양한 색채를 이루는 물고기가

떼를 지어 다니는 모습을 오래도록 바라봅니다

유성

수업 시간에 창밖만 보는

유성이의 외가는 염소 목장이 있고
높은 지대에 있어 여름에도 서늘했다.

헐렁한 셔츠를 펄럭이며 목장을 달릴 때면
우리는 언제나 날지 못하는 비행기가 되었다.

이리저리 움직이는 염소떼를 따라
풀이 자라나는 목장은 울퉁불퉁했다.

우리가 건초를 주면
염소들은 몰려오고, 유성이는 진흙이 묻은 손으로 하얀
염소의 몸을 어루만지고

염소들이 모두 얼룩덜룩해질 때까지 건초를 먹였다.

"하얀 염소는 돌아오는 여름마다 사라져. 눈에 띈다는 건
무서운 일이야."

점심을 먹는 동안

어른들은 살이 찐 염소, 출산을 앞둔 염소, 죽어가는 염소
에 대해 얘기하고

창고에는 건초 더미가 한가득이다.

우리는 목장을 등지고 연을 날렸다. 푸른색 연은 하늘이
되지 못했다. 내가 잡아끌던 연이 끊어졌을 때

연은 순간의 빛을 내면서

떨어지는 별처럼 너머를 상상할 수 없었다. 유성이는 자
신이 쥐고 있던 연을 끊어버렸고

우리는 어린 염소처럼 들판에

풀썩 주저앉았다.

"가장 하얀 염소는 여름마다 울타리 너머로 가는지도 몰
라. 하얀 세상으로 가는 거야."

우리는 졸업할 때까지

학교에 사는 고양이들이
다양한 색깔로 난간을 타고 넘는 것을
보고 또 보았다.

소원

그해 여름은 우리가 처음 맞이한 여름이었다. 우리는 소원을 들어준다는 거북이 동상이 있는 숲을 올랐다. 납작 엎드려 입을 꾹 다문 거북이가 두 손을 잡은 채로 서 있는 우리를 쳐다보고 있었다. 우리 말고도 거북이 동상을 보러 온 사람들이 많았다. 나는 숲의 계단을 오르면서 빌어야 할 소원이 생각나지 않았지만 거북이 앞에 서면 금세 소원이 생겨나곤 했다. 너라는 사람이 지금 내 옆에 생겨났듯이. 우리의 낮과 밤이 자연스럽게 이어졌듯이. 소원은 어렸을 적에 할머니가 들려주시던 이야기처럼 길어지고, 그 숲속에서 나는 오래 눈을 감았다. 무슨 소원을 빌었어? 네가 물으면 다 말하지 못할 정도로 소원은 많아졌다. 어느새 내게 말을 하던 할머니의 입이 공기 중에서 사라졌듯이 눈을 떴을 때 너는 없었고, 나는 지난여름에 너와 찾았던 숲을 다시 올랐다는 것을 알았다. 내게는 금세 소원이 다시 생겨났지만 네가 지금 여기에 없기에 모두 이루어질 수는 없었다. 몇번의 여름과 몇십번의 여름과 몇백번의 여름이 지나도 거북이는 입을 꾹 다물고 있을 것이다. 거북이가 그 숲에 있는 한 소원은 흩어지지 않을 것이다. 내가 혼자 숲을 내려왔을 때 거북이 동상을 보러 올라가는 사람들이 많았다. 사람들의 소원과 함께 나의 소원은 내려오지 않고 그곳에 남아 있을 것이다. 나는 새로운 여름을 다시 시작할 수 있을 것이라고 믿었다. 몇 번의 여름이나 그 숲을 오르면서 그런 생각을 했다.

나무들의 마을

우리는 두그루의 나무를 바라보고 있었다.

두그루의 나무는 우리가 벤치에 떨어져 앉은 간격만큼 떨어져 서 있었지.

우리는 어려서부터 공원의 나무를 보며 일상을 나누곤 했다.

풍선을 손에서 놓친 날이면 새삼 높아 보이는 푸른 하늘이,

고양이를 잃어버린 날이면 검은 꼬리가,

할머니가 돌아가신 날이면

할머니의 옅은 미소가 나무와 나무 사이에 걸려 있었다.

그 시간 동안 나무들의 둘레와 키는 조금씩 자랐지만, 나는 너에 대해 얼마나 알고 있을까.

매일같이 이야기하는 우리가 친한지 헷갈리기도 했다.

너는 주로 내 이야기를 듣는 편이었으니까, 너는 자주 입을 다문 채 고개를 끄덕였으니까.

겨울의 끝에서 내가 특별한 존재가 아니라고 생각되던 날 문득 "부동자세로 서 있는 저 나무가 슬프지 않아?"

물었을 때 너는 나무가 움직이지 못하는 것이 아니라고 말했다.

심기는 순간 나무에는 떠나갈 수 있는 영혼이 생긴다고,

나무들은 유령처럼 이쪽저쪽으로 옮겨 다닐 수 있는 영혼을 가졌다고,

너 또한 한그루의 나무로부터 시작되었다고, 갑자기 얼굴이 붉어진 채 모든 것을 털어놓았다.

너는 나무들이 모인 마을에서 왔다고 한다.

"나무들이 모인 마을?"

밤에는 나무로 머물지만 아침마다 나무 옷을 벗으면 사람처럼 살결이 생겨나

그렇게 학교에 다니고, 직장 생활을 하고, 커피를 마시고, 종종 너와 같은 사람과 친구가 되어서 이야기를 나누기도 하지.

우리 나무들은 아무도 모르게 숲에서 빠져나와 사람의 몸으로 도시를 떠돌아다녀.

그런 후에 도시에서 겪었던 각자의 이야기를 숲에서 공유하는 건 우리의 큰 기쁨이야.

"이야기를?" 너의 입을 통해 나는 어떤 사람으로 나무들의 마을에 전해졌을까.

가끔 그것이 몹시 궁금할 때가 있다.

나에 대한 이야기를 나누었을 때 네가 지었을 표정과 말투가

한번도 내려본 적 없는 지하철역만을 골라 내리는 사람,

모습을 드러내지 않은 채 필명을 쓰는 공상과학 소설가,

한달 전 업무를 보다가 갑자기 사라진 신입 사원도 어쩌면 나무들의 마을에서 온 것이 아닐까.

주변에서 이유 없이 사라진 사람의 이야기를 들을 때면 그 사람에게는 정말로 존재하고 싶었던 마음이 있던 게 아니었을까, 생각한다.

네가 나무들의 마을에 대해 이야기하던 작년 겨울로 돌아가고 싶다.

의심스러운 눈초리를 보내면서 네가 몹시 아프다고 생각한 그날로 돌아간다면

나도 너처럼 우리의 이야기를 믿을 텐데.

그 이야기가 즐겁든지 슬프든지 상관없이

고개를 끄덕이고 너처럼 진심 어린 눈으로 바라보았을 텐데.

네가 나무였기 때문에 길고양이들이 나보다 네 쪽으로 더 가까이 갔을까.

네가 나무였기 때문에 새들의 이름을 그렇게 잘 알았을까.

나무들의 마을을 이야기한 날 이후부터 너는 나타나지 않는다.

길을 걷다가 문득 나무가 나를 쳐다본다는 생각이 들 때가 있다.

혹시 너한테서 내 이야기를 들은 나무가 아닐까,

이 나무는 너와 사촌 정도 되는 관계가 아닐까 추측하며 멈춰 서 있을 때가 있다.

그러면 나무가 내 옆에서 가만히 이야기를 들어주던 너처럼 느껴진다.

나무가 바람에 떨면 내 몸도 같이 떨린다.

나무에서 잎이 떨어지면 나에게서도 무언가 우수수 떨어지는 기분이 들곤 한다.

네가 등 뒤를 툭툭 쳐줄 때까지 나는 종종 이렇게 나무와 대화를 나눌 것이다.

나는 숲 한가운데 이 편지를 두고 올 것이다.

나무들의 마을에서 한 나무가 내가 쓴 이 편지를 너에게 슬며시 보여주었으면,

　나무와 나무 사이에 이 편지가 걸려 있으면 좋겠다.

검은 고양이

내가 자주 서 있던 아이스크림 상점에 아이들은 여전히 줄지어 서 있고, 새들은 열을 지어 푸른 하늘을 날아가는 걸 반복하는데

동네 주민들은 한동안 나의 우울한 표정을 의뭉스럽다고 생각한다.

내가 처음 검은 고양이를 품에 안고 온 날처럼, 내 곁에서 검은 고양이가 차가워진 것을 발견한 아침은 믿기지 않는 날이었어.

내가 데리고 온 검은 고양이를 두고
가족들은 한마디씩 했지.

아빠는 그 까만 것이 검은 실뭉치처럼 작다고
엄마는 벌써 털이 많이 빠질까봐 걱정된다고
누나는 두 손을 뻗어 이리 와, 이리 와, 불렀고

검은 고양이는 우리가 모여 앉은 식탁 아래에 자주 웅크

려 있었지. 소파에 앉아 드라마를 볼 때면 앞으로 뻗은 다리
위로 사푼사푼 걸어 다니고

다과를 나눠 먹고 거실에서 헤어질 때면 우리는
검은 고양이를 누구의 방에 데려가야 할지 가볍게 다투곤
했지.

아빠는 검은 고양이가 불룩한 배 위에서 잠드는 걸 좋아
한다고
엄마는 검은 고양이가 아침에 깨자마자 불러주는 노래를
좋아한다고
누나는 검은 고양이가 침대에 수놓인 나비 무늬를 좋아한
다고

가족들은 이제 나에게 검은 고양이에 대해서는 한마디도
하지 않으려고 한다.

허전한 식탁에서 나는 밥을 깨작깨작 먹고, TV 채널을 돌
려도 집중할 만한 프로를 찾지 못했다. 그렇게 나는 알았다,

검은 고양이가 여전히 내 표정에 드리워져 있다는 것을

불을 끄면 내가 덮은 이불이 따뜻하다는 것이 슬프다.

추워진 날이면 검은 고양이와 함께 먹었던
우유를 데워 마시면서 겨울이 오는 창밖을 보곤 한다. 엄
마는 장을 보고 집으로 돌아오는 길이다.

"내 정신 좀 봐."

가끔 엄마의 장바구니에는 고양이 사료가 들어 있다.

우리의 바보 같은 마음들

우리는 작고 아름다운 구슬을 나누어 가졌지

"안에 뭐가 보여?" 물으면 동생, 꽃, 고래, 지팡이
우리가 말한 건 서로 달랐고

구슬 안에는 아무것도 보이지 않았지만

"요새 동생이 많이 아파"
"우리 엄마는 꽃을 받으면 가장 기뻐해"
"고래는 사람을 좋아하는 바다 생물이래"
"할아버지에게 근사한 지팡이를 선물해주고 싶어"

그런 마음을 가진 아이들은 어느새 눈앞에서 다 떠나고
 동생, 꽃, 고래, 지팡이는 모이지 않고 소식을 모르게 되었
지만

 나는 거리를 걷다 주운 구슬을 하나 꺼내서 본다 종종 신
호를 기다리면서
 동생의 손을 붙잡은 사람, 꽃을 들고 웃는 사람, 가방에 고

래 열쇠고리를 단 사람, 지팡이를 쥐고 있는 발걸음이 느린
사람과

　함께 걷고 있었다

　동생, 꽃, 고래, 지팡이도 각자 다른 마음을 간직한 눈동자
로 어딘가에서 누군가를 만나고 있겠지

　구슬이 다 쏟아져도 새로운 구슬 안에는 우리가 간직한
마음이 들어 있고
　바닥에 엎드려서 구슬을 치고, 구슬을 들여다보는 아이들

　피할 수 없는 마음으로 살아가겠지 그것이 왜 떠오른지도
모른 채로

　나는 가끔 가려던 곳보다 더 먼 거리를 산책한다

　"이런 곳도 있었구나"

세계의 모형을 모아둔 오래된 상점이 눈앞에 있다 새로운 풍경을 마음에 담으면 쉽게 사라지지 않는다

모형을 보면서 나는 그것들을 하나씩 유리창 너머로 짚어 본다

"동생, 꽃, 고래, 지팡이……"

제 2 부

단 하나의 영상에서 돌고 도는 기념일

이상하지, 누군가가 죽은 날을 기념하는 기쁨이 우리에게
전해져온다는 것이

호랑이의 날, 코끼리의 날, 참새의 날, 북극곰의 날……
동물이 알지 못하는,
인간이 만든 동물의 날이 있다는 것이

회전할 때마다 형체가 사라지는
지구라는 공 속에서 같이 살아가기 위해서

어쩌면 아주 먼 곳에서부터 가까워진 두 사람의 만남을
기념하는 이유도 연인이라는 형태를 오래 보존하기 위해서
겠지.

잊힌다는 것은 자연스러운 일이니까. 우리는 과부하된 기
계 장치보다 더 기억을 잃기 쉬운 망각 장치를 달고 살아가
는 인간이니까.

너는 어떤 것을 기념해봤니?

비틀거리는 자전거의 페달을 힘차게 밟아본 날,

잎이 자라날 모습이 궁금한 식물을 화원에서 집으로 데리고 온 날,

강아지와 같이 천변을 뛰다가 천변이 끝없이 이어지면 좋겠다고 생각한 날,

좋아하는 사람의 눈송이처럼 차가운 손을 처음 잡아본 날……

그 무수한 날 중에 하루의 기억으로 이루어진 영상이 미래의 장례식에서 상영된다면,

그 영상이 우리가 의도하지 않은 날에 다른 사람에게 찍힌 것이라면?

죽기 전에 장례식에 상영될 영상을 고르지 않는다면, 너라는 해변에 남겨진 이들이 모여서 스크린에 드러나게 될 이미지와 목소리를 되살리겠지.

캄캄한 영상 편집실에서 장례식에 상영될 영상을 이어 붙
이는 우리는 어떤 기분일지.

한 사람의 기억으로 이루어진 영상 뭉치를 돌려보고 또
돌려보면서, 입에서 흘러나온 말에 자막을 붙여가면서……
분절된 너로 가득 쌓인 하루를 우리는 보낼 것이고

장래 희망에 대한 질문을 받은 미래의 아이들은 자라서
단 하나의 영상에 담기게 될 하루를 어느 날 고심하게 되
는 순간이 온다.

거리를 메웠던 참새가 점차 사라진 세계에서
참새를 발견한 것이 기뻐 손뼉을 치고,
학용품에 이름표가 떨어지지 않게
꼭 붙여놓은 귀여운 아이들이

별명을 벌써
서너개쯤은 가지고 있는
아이들이

모두 다른 눈송이에 갇혀서

자고 일어났을 뿐인데 거리에는

알록달록한 털모자를 쓴 아이들이 하늘을 올려다보고, 장갑 낀 손으로 눈을 뭉쳐보고, 장화를 신고서는 바닥에 풀썩 주저앉아 있다. 그리고

수북이 쌓여가는 눈송이는 모든 풍경을 몇번이고 덮으려고 한다. 내가 자주 걷던 거리의 슈퍼마켓, 우체국, 꽃집까지……

한때 아이였던

슈퍼마켓 아저씨는 식료품을 안으로 들여놓고서 담배를 태우고, 우체국 직원은 서류봉투에 도장을 찍으면서 사랑에 대한 감상에 빠지고, 꽃집 주인은 눈과 어울리는 몇개의 꽃송이를 묶어 장식하겠지.

모든 게 변했지만 아무것도 변하지 않은 것처럼

차를 마셔도 또 마셔도 주전자는 다시 끓고 있다.

눈이 오면 왜 사람이 생각나고, 눈이 오면 왜 사람을 만나야 한다는 생각이 들까.

"지금 눈이 오고 있어."

기후가 바뀌면서 얼마나 많은 신호가 세상에 울리고 있을까.
마지막 겨울은 언제나 오고, 그렇기에 마지막 겨울은 아직도 오지 않았고

나는 얼마나 많은 무늬의 잠옷을 입고 꿈에서 빠져나왔나. 쿠키를 먹을수록 쿠키를 먹는 어린 내가 생겨난다.

내일 눈이 오면 친구들과 눈사람을 만들 것이라고 마음먹은 나는
완전히 다른 눈송이에 갇힌 아침을 본다.

눈덩이를 던지면서 나이가 든

아이들은 새로운 눈덩이를 던지는
아이들을 마주하고 있다.

일렁일 때까지 일렁이고 싶은 마음

　빛을 받은 바다가 파도에 부서지는 장면을 가족과 오래
도록 보았다. 파도가 거듭될수록 하얀 포말은 끊임없이 생
겨나고. 비슷한 장면을 하염없이 바라보는 가족들의 심장은
같은 속도로 뛰는 걸까, 생각하다가

　나의 심장이 한번도 정지하지 않았다는 것이 놀라웠다.
이곳이 어두워질 때 한낮이 펼쳐지는 지구 반대편에서

　함께 마라톤을 뛰는 사람들의 심장 박동이 비슷해진다는
것이
　영화를 함께 보는 두 사람이 같은 호흡이 되어간다는 것이

　바닷가를 빠져나왔을 때는 펜션으로 이어지는
　긴 초원을 통과해야만 했다.

　초원은 무수한 수풀로 이루어졌고. 그 수풀을 빠져나오려
고 했지만 느린 호흡을 가진 우리는 수풀 속에서 언제까지
나 머물러야 했다.

바람이 스쳐 지나가면서 일제히 수풀이 흔들거리고. 풀벌레 소리가 사방에서 울려 퍼졌다. 풀벌레 소리가 언제까지고 이어졌으면. 구두와 운동화와 슬리퍼가 서로를 밟아가며, 웃으면서 자지러지면서 우리는 끝나지 않을 것 같은 춤을 추었다.

다람쥐가 있던 숲

친구들은 운동장에서 공을 차고, 너무 멀리 차버린 공을 주우러 나는 울타리 너머의 숲속으로 들어갔다. 교복에는 흙이 묻고 손에는 가시가 박혔는데

그 숲에는 다람쥐가 많이 살고 있었다. 나는 공을 두 손에 쥔 채로 한참 동안 서 있었고

"왜 이렇게 늦었어?"

친구들의 말에 "다람쥐가 너무 많았어."라고 말하지는 못했다. 친구들은 다람쥐를 좋아해서 다람쥐를 잡고 싶어 했기에

공을 찰수록 공에서 바람이 점점 빠져나가고 있었기에

공을 차는 친구들을 뒤로하고, 학교가 끝나면
나는 그 숲속으로 들어가는 일상을 보내곤 했다. 천천히 걸어가도, 빨리 뛰어가도, 시험을 못 본 날에도

다람쥐는 조용히 울창한 나무숲 이곳저곳을 옮겨 다니고 있었다. 초록색 주황색 노란색 잎들이 떨어지고. 다람쥐가 가끔은 나를 쳐다보는 것 같았다.

영영 잊히지 않을 장면처럼, 다람쥐들의 기억에
멍하게 서 있던 내가 남았으면 좋겠다고 생각했다.

비 내리는 교실에 마지막으로 남은 나는 운동장 너머의 숲을 바라보았다. 친구들은 들떠 있었고 바람 빠진 공이 교실 구석에 박혀 있었다. 그곳을 졸업한 나는 숲속으로 발길을 돌리지 않았지만

새로운 도시를 옮겨 다닐 때마다
다람쥐와 비슷한 것을 집에서 키운다는 사람의 얘기를 듣는다.

사람들은 다람쥐와 비슷한 것의 사진을 보여주면서 웃는다.
투명한 통 안에서 쳇바퀴를 굴리는 건 다람쥐가 아니다.

나는 가끔 초록불이 켜지면 사람들 사이에서 빠져나와 질
주하는 사람을 보곤 한다.

나도 가끔 집으로 돌아오는 길에 양팔을 벌린 채
경 중 경 중 뛴다. 사람들이 나를 쳐다보고 있다는 것을 잘
아는데도

다람쥐가 한마리도 보이지 않는 도시에서 괜히 그런다.

엄마의 정원

나는 기차를 타고 고향을 떠나 먼 도시로 왔고, 그런 나를 맞은편에서 지켜보는 엄마가 있다.

내가 센 불에 고등어를 굽고 있을 때
드라이브를 하면서 차내에서 웅웅거리는 소리를 듣고 있을 때

"스스로를 잘 돌봐야 해."

엄마는 마당의 작은 화단을 가꾸면서 그렇게 말했다. 화단에는 꽃들이 피어나다가 죽고는 했다. 엄마는 장을 보는 길에 모종을 사 왔고, 해가 지날수록 화단에는 다양한 색깔의 꽃들이 보였다.

"나는 커서 정원을 가꿀 거야."

나는 엄마가 커지는 모습이 믿기지 않았지만, 엄마는 점점 커져서 내게 말을 건네온다.

나는 엄마를 생각하면서
고등어가 타지 않게 가스불을 줄이고, 차를 수리점에 맡
긴다.

엄마는 아직도 정원을 가꾸는 꿈을 꾸는 걸까.

비가 내리는 날에 베란다 바깥으로 화분을 내밀면
엄마가 물을 주는 것 같다.

나는 잎이 넓은 식물의 죽은 잎을 떼어낸다.

아이들이 한가로이 놀던 놀이터와
노인들이 대화를 나누던 벤치는 젖어가고

바깥은 깊은 잠에 빠진 사람의
꿈속처럼 흐리다.

죽은 잎을 떼어내다가 멈추면 엄마가 나를 지켜보고 있다.

엄마가 사라질 것을 알기에
볼 수 있을 때까지 엄마를 본다.

태풍 같은 사람이 온다면

꿈속으로 찾아온
영문을 알 수 없는 사람에게 흔들리는 마음이 있어

노란 지붕과 파란 지붕은 닿을 수 없지만
노란 지붕에 사는 사람과 파란 지붕에 사는 사람이 화들
짝 잠에서 깨어나

동시에 바깥을 보는 장면처럼
태풍은 오고야 말지

우리는 태풍 때문에 얼굴을 못 보고, 운행이 중지된 버스
에 타지 못하고, 닫힌 상가를 들어갈 수 없겠지만

작았던 마음이 이렇게 거대해진
태풍의 심정은 어떨까, 이름을 가지는 순간부터 사라질
일밖에 없는

*바다의 신이라는 이름을 가진, 열대 나무의 이름을 가진,
해가 질 때 풍경의 이름을 가진 태풍이 지나가고 있어*

지금 누가 이렇게 옥상의 빨래를 흔드는 걸까

우리가 짐작할 수 없는 대상에게 이름을 붙여준 것은 무서움 때문일까, 오래 기억하고 싶어서일까

붙잡히지 않으려면 우리도 몸을 함께 흔들어야 할까, 우리는 창문을 모두 걸쇠로 잠가놓았지만

길 한복판에서 우왕좌왕하는 사람이 있어, 어떤 비는 슬픔을 흘려 보내지 못해 그 슬픔을 헤매는 사람으로 남겨놓는다

또 한번 우리는 태풍을 견뎠다고 말하겠지만

옥상에서 빨래 몇벌이 어디로 날아갔는지 모르듯이, 멍든 문짝을 버리고 새 문을 달듯이

태풍이 지나가고 나면
우리들 중 누군가는 영영 보이지 않는다

우산을 어느 손으로 쥐어야 하나

우산을 번갈아 쥐고 있다 왼손에서 오른손으로,
오른손에서 왼손으로, 그러다가 비가 쏟아질 수도 있겠지
오늘은 60퍼센트의 확률로 비가 온다고 했으니까
40퍼센트의 확률로 비가 오지 않을 수도 있다고 생각하자
우산은 어색해지고
내가 왼손잡이였는지 오른손잡이였는지 헷갈리는 하루
왼손잡이였다가 오른손잡이가 된 사람을 무엇이라고 부르나
밥은 오른손으로 먹고 이는 왼손으로 닦는 사람
왼손으로 아무도 모르게 방문을 닫고 오른손으로 창문과
커튼을 활짝 여는 사람
사람들이 무거워지는 짐을 들고 우산을 접었다 펴는 하루
우리는 비가 내리는 같은 꿈속으로 흠뻑 빠질 수 있을까
잠들기 전과 잠에서 깬 후가 가장 어색해
이불 속으로 손을 넣어야 할지, 바깥으로 빼야 할지
창문을 닫고 자야 할지, 열고 자야 할지
깜빡 잠에 들면 또다시 더워서, 추워서 깨어나는 사람들
망설임은 매일 생겨나 고개를 들어 하늘을 보다가 어느
날 비가 되어 쏟아지지

비가 그만 쏟아지면 알게 되지

축축한 어깨를 맞대며 우산을 나란히 썼던 사람이 뭉게구름처럼 사라졌다는 것을

함께 주스를 마시던 컵이 퐁당퐁당

거품 가득한 설거지통에서 씻기다가 더는 쓸 수가 없게 된 것을

마지막은 마지막인지도 모른 채로 어정쩡하게 떠나가

하늘로 치켜세워야 할지, 땅으로 내려트려야 할지 모르는 빳빳하고 부드러운 동물의 꼬리 같은

이 우산을 언제까지 번갈아 쥐어야 하나

우산들

비가 내리자 그는 현관에 잠들어 있는 새를 집어 집을 나선다. 한동안 고요하고 투명했던 새가 그의 머리 위로 펼쳐진다. 거리에는 그의 새뿐만 아니라 검고 파랗고 노란 새들이 이리저리 쓸려 다니고 있다. 그는 투명한 새로 하늘을 보고 있지만 새는 언제든지 바람을 타고 날아가려고 한다. 바람이 불어 날개가 흔들릴 때마다 새는 그가 자신의 긴 꼬리를 놔버리기를 바란다.

새를 끌고 나온 사람들은 새의 중심을 감당해야 한다. 바람 속에서 새의 날갯짓이 태어난다. 날개가 펼쳐진 온 세상의 새들이 횡단보도에서 교차할 때, 시계를 보면서 문득 걸음을 멈출 때 그는 투명한 새를 놓친다. 검고 파랗고 노란 새들이 연달아 날아간다.

젖어가는 그는 새가 희뿌연 하늘과 같은 색이 되는 것을 멍하니 바라본다. 사람들이 뛰어갈수록 멀어져가는 새들. 새를 잃어버린 사람들은 택시를 향해 손을 흔든다. 가방을 머리 위로 올리고 거리에서 작아져간다. 사방에서 내리는 비가 거리를 새로운 풍경으로 상영한다.

그는 2층 카페에 들어가서 뜨거운 커피를 시킨다. 창밖에는 여전히 새를 붙잡고서 흔들리는 사람들이 있다. 그는 나뭇가지 위에 앉은 작고 노란 새를 넋 놓고 본다. 그녀는 비가 많이 와서 늦었다고 말한다. 그녀의 외투는 그와 같이 흠뻑 젖어 있다. 그녀는 검은 새를 놓쳤다고 한다. 검은 새는 아주 크고 긴 꼬리를 가졌다고 한다. 검은 새가 그렇게 잘 날 수 있는지 처음 알았다고 한다. 젖는지도 모르고 시야에서 검은 새가 사라지는 것을 보았다고 한다. 그렇게 잠시 검은 새가 되었다고 한다.

그들이 얘기를 나누는 동안 거리에는 새의 날개를 펼치고 접는 사람들의 행렬이 이어진다. 거리 곳곳에서 새의 꼬리가 파르르 떨린다. 아이들은 하늘로 완전히 떠나버린 새처럼 비를 맞으며 뛰어다닌다. 그들은 실내의 새와 같이 한동안 카페에 묶여 있다.

언제나 붉은 금붕어가 있다

우리 뒤를 따라 헤엄치는 금붕어가 있다

생각하자마자 햇빛처럼 따라와 우리의 정수리를 빙글빙글 도는 금붕어가 있다

화단에서 열쇠를 찾을 때,

어디에 적힌 문장인지 몰라 책장을 마구 넘길 때,

두번째 온 장소에서 같이 왔던 누군가를 떠올릴 때,

불현듯 금붕어는 생겨나 헤엄쳐 온다

어떻게 생겨났는지 몰라 스스로도 갸우뚱거리는 금붕어는

지하도로를, 터널을, 엘리베이터를 따라

때로는 엄마의 얼굴로, 친구의 얼굴로, 연인의 얼굴로 헤엄쳐 오다가

우리에게 다다르면 뜨거워지고 만다

하나가 아니고 여러마리인, 우리가 보는 풍경 속 어딘가에 입수해서 금방 사라지고 마는,

빛처럼 스며들어 풍경을 낯설게 채색하는 금붕어

공중에 떠 있는 다양한 크기와 형태의 전조등처럼

깜빡깜빡 자신을 꺼버리기도 하는 금붕어

발걸음을 옮겨 찾으러 다닐수록 멀어지지만, 앞을 보고 갈 때면 우리의 머리카락을 수초처럼 스쳐 지나가는

금붕어는 더는 볼 수 없는 사람의 모습으로 우리의 걸음을 무겁게 하고,

때로는 공원에서 풍선을 나눠주는 사람의 인사처럼 가벼워

한번 추었던 춤을 멈출 수 없었던 우리가 그만 침대에 누우면

하루 종일 했던 생각처럼 동시다발적으로 방 안에 떠올라

우리가 잠들면 서로의 기억을 먹고 무럭무럭 자라나는,

금세 방을 붉은 숲으로 만들어 헤집고 다니는 금붕어

어느 날 17층에 있다는 것

나는 어느 날 17층에 살고 있는 것이다

16층에 있지 못하는 것이다

17층에서는 16층과는 조금 다른 풍경이 보일 것이다

구름이 더 가까이 보이고,

빗방울이 조금 더 빠르게 떨어지는 것을 보는 것이다

자주 산책을 하며 지나치던

이 오피스텔을 공인중개사와 보러 갔을 때 마침 17층의 방이 비어 있었던 건 우연이었던 것이다

집마다 방 안에서 다른 음악 소리가 들리는 것처럼

나도 17층에서 떨어지지 않는 하나의 음악이 되어가는 것이다

어느 날 내가 어느 부부의 자녀가 된 것처럼,

삼면이 바다인 이 나라의 한가운데에서 태어난 것처럼,

창밖으로는 제 몸집만 한 악기를 어깨에 메고 다니는 사내가 보이는 것이다

4인분 식자재가 담긴 장바구니를 꼭 쥔 사람이 보이는 것이다

어느새 고양이 우는 소리가 우리 집에 들려오고

나는 아이스크림이 올라간 초코케이크를 좋아해서 일주

일에 두번 이상 먹게 되는 것이다

좋아했기에 류이치 사카모토가 죽은 날에

초코케이크를 먹으면서 울게 되는 것이다

류이치 사카모토를 다룬 다큐멘터리를 상영하는 영화관
에서

스크린 속 얼굴이 흐릿해지고 긴 어둠이 내려앉을 때까지

앉아 있을 수밖에 없는 것이다

어느 주말에 암막 커튼을 덮고 긴 낮잠을 자고 있을 때

고등학교 친구의 전화 소리에 꿈에서 깨고 마는 것이다

"여보세요?"

나는 잠이 덜 깬 채로 하품하면서 커튼을 치고

공룡의 등을 덮었던,

동굴벽화를 그린 크로마뇽인의 손을 차갑게 했던,

수많은 전쟁의 역사 속에서 인간의 발을 묶었던,

폐허가 된 서울에 다시 지어진

건물의 창으로 떨어지는

눈을 보며 언제까지 이어져왔던 생활을 하는 것이다

목욕탕

아버지가 면도하는 모습을 보고 있었는데 거품을 밀어내자 다른 남자의 얼굴이 나타났다. 남자가 얼굴을 닦아낼수록 턱밑에서 아버지는 지워졌다. 미지근해진 탕에 오래 있으면

바깥은 어두운지 밝은지도 몰랐다. 물에 불은 손은 쭈글쭈글했다. 나와 비슷한 몸을 가진 또다른 사람들이 탕 안에서 노곤해지는데 아버지만 없다는 것이

물에 비치는 내 몸이 살아 있다는 것이 문득 믿기지 않았다.

나는 어린 시절처럼 물장구를 치지 않고, 사우나에서는 십분 넘게 서 있지 않는다. 그걸 말리는 사람도 없다.

안 좋은 꿈을 꾸고 일어난 것같이 앞은 뿌옇고

그런 날이면 샤워기 앞에 자주 서 있었다. 쏟아지는 물을 맞고 있으면 생각이 멈춘 것 같았다. 내가 멈춰질 때마다 사

람들이 하나둘씩 목욕탕을 빠져나가고

"새 마음을 가져야 한다."

친구와 싸우고 돌아온 늦은 저녁에 아버지는 말했는데, 아버지의 얼굴은 점점 어두워져 보이지 않고

바깥에는 어지러운 일이 많이 남았다. 나는 아직도 새 마음을 갖는다는 것이 무엇인지 모르는 채 그것을 연습한다. 매일 몸을 깨끗하게 씻고

비가 온 뒤에는 창에 비친 얼룩을 신문지로 닦아낸다. 그럴수록 아버지가 집을 찾아오지 못한다는 것이

아버지가 심은 마당의 감나무와 그 감나무를 창 안에서 보던 아침이 없어졌다는 것이 선명해진다.

수건으로 물기를 닦으며 돌아갈 수 없는 내 얼굴을 봐야 했다. 넓적한 아버지의 손이 이 문을 열고 들어온 것 같은데

바깥으로 나가면 나와 닮은 사람이 아무도 없고, 몸에 남아 있는 물기를 말리자 아버지의 뒷모습은 말끔하게 지워졌다.

연기가 그치지 않는 목욕탕을 두고 새로운 거리가 펼쳐져 있었다.

신호

주택단지가 재개발돼서 깔끔한 상가의 창문에 얼굴이 비치는 것이, 산등성이 밑에서 제조 공장의 연기가 그치지 않는 것이, 밖에서 경적 소리가 들려 새벽에 종종 잠에서 깨는 것이

이제 아무렇지도 않다.

그러나 미세먼지로 뿌예진 창문을 닫고, 누군가의 사망 소식이 흘러나오는 TV를 틀어놓은 채 4인용 식탁에서 혼자 생선을 발라 먹고 있을 때

아주 먼 곳에서
무언가 천천히 내게 오고 있다는 생각을 참을 수 없는 것이다.

아파트 창에서
희뿌연 대기를 내려다보면

불빛을 내는 자동차들은 타들어가는 것 같다. 내일이면

또다른 차들이 도로를 메우다가
　메우지 않는 날이 올 것이다. 아파트의 이웃들은 영영 알
수 없게 된다.

　윗집 부부의 싸움 소리가 들리지 않는 밤이
　더 무서울 때가 있다.

　너무 커버린 나는 매일 이불 속으로 들어간다.

　꿈속에서는 어렸을 적에 키운 개가 목청껏 짖지만 들리지
않고, 할머니의 몸은 줄어들기만 한다.

　내가 죽게 될 하루가 있다는 생각이

　교통신호처럼 계속 나를 멎게 한다. 보고 있지 않아도 차
들은 신호를 기다리다가 도로를 지날 것이다. 몇차례나

　나도 차를 몰다가
　더는 몰지 않는 날이 올 것이다.

내일 아침이 되면

생선 뼈가 든 음식물 쓰레기봉투를 들고 밖을 나서야만
한다.

단순하지 않은 마음

별일 아니야,라고 말해도 그건 보이지 않는 거리의 조약돌처럼 우리를 넘어트릴 수 있고

작은 감기야,라고 말해도 창백한 얼굴은 일회용 마스크처럼 눈앞에서 쉽게 사라지지 않는다.

나는 어느 날 아침에 눈병에 걸렸고, 볼에 홍조를 띤 사람이 되었다가 대부분의 사람처럼 아무렇지 않게 살아가고 있다.

병은 이리저리 옮겨 다니면서 밥을 먹고, 버스를 타고, 집으로 걸어오는 우리처럼 살아가다가 죽고 만다.

말끔한 아침은 누군가의 소독된 병실처럼 오고 있다.

저녁 해가 기울 때 테이블과 의자를 내놓고 감자튀김을 먹는 사람들은 축구 경기를 보며 말한다. "정말 끝내주는 경기였어." 나는 주저앉은 채 숨을 고르는 상대편을 생각한다. 아직 끝나지 않았다. 아직 끝나지 않아서

밤의 비행기는 푸른 바다에서 해수면 위로 몸을 뒤집는

돌고래처럼 우리에게 보인다.

  매일 다른 빛으로 물들어가는 하늘 아래에서 사람들은 끊임없이 모이고 흩어지고 있다.

  버스에서 승객들은 함께 손잡이를 잡으면서 덜컹거리고, 승용차를 모는 운전자는 차창에 빗방울이 점점이 떨어지는 것을 보고, 편의점에서 검은 봉투를 쥔 손님들이 줄지어 나오지.

  돌아보면 옆의 사람이 없는, 돌아보면 옆의 사람이 생겨나는. 어느새 나는 십년 후에 상상한 하늘 아래를 지나고 있었다.

  쥐었다가 펴는 손에 빛은 끈질기게 달라붙어 있었다. 보고 있지 않아도 그랬다.

  내가 지나온 모든 것이 아직 살아 있다는 믿음을 가지고 무사히 집으로 돌아가야만 했다.

점선으로 만들어지는 원

미래 세상의 모습을 주제로
도화지에 크레파스를 칠해가면서

"2030년, 2300년에는 자동차가 하늘을 날아다닐까?" "할머니가 아프지 않은 약이 생겼을까?" 질문을 하는

우리의 어린아이에게
우리는 지금 교사가 되어서 영원이라는 말을 가르칠 수 있겠지만

마주 잡은 손, 형태가 변해가는 봄날의 구름, 따라 하는 하품, 접시에 쏟아부은 취향이 다른 과자를
영원이라는 말로 얼려서 넣어주고 싶겠지만

캠프파이어나 수건돌리기를 한 기억을 떠올릴 때
왜 우리는 더는 원을 이루지 못하는
사람을 떠올릴 수밖에 없는지

물이 끓다가 100도가 되면 자동으로 꺼지는 주전자를 만

들고,

　복도의 방마다 불이 나면 화재경보음이 울리고,

　지진에 대비해서 책상 밑에 들어가는 연습을 하거나

　물가에서 심장에서 먼 부위부터 차가운 물을 적시는 것도

　우리가 사람이라는 흐릿해지는 색깔의 천을 두르고 있기 때문이겠지

　집집마다 잎의 색깔과 모양이 다른

　식물을 각자의 방식으로 키우는 법을 배워가는 우리는

　회전하는 세계에서 학교에 다니고, 대합실에 모이고, 사무실에 앉아 웃고 울면서……

　흰 도화지 같은 공허를 견뎌야 한다

　자라날수록 뒤엉키고 아름답지 않은 풍경을 포기하지 않고 그려나가고 싶습니다

햇빛의 양, 물을 먹는 주기, 서식지의 온도에 따라 성장을 하며

사방으로 가지를 뻗고 잎을 펼치는 식물의 방식을

최선을 다해 이해하고 싶습니다

거리에는 몸의 골격과 목소리가 다른 사람들이 행진을 하며 숲을 이룬다

음식점 유리창 안쪽에서 시위를 보며 먹고살기에 바쁘다고, 시끄럽다고 말하는 사람의 얼굴은 철문이 되어간다

여전히 영원과의 경기에서 질 수밖에 없다니?
이건 경기가 아니다

철문을 뒤덮으면서
함께 자라나는 식물들

우리가 울퉁불퉁한 원의 둘레가 되어가는 동안

점선으로 그려지기 시작한 사람이 우리의 손을 마주 잡고
있다

우리가 오래 주고받은 공을 들고
노래를 따라 부르며

제 3 부

함박눈

하늘을 다 차지하는 새는 보이지 않는다. 하늘을 다 차지하는 새는 하얀 깃털을 날린다. 거리의 사람들은 얼굴에 닿자마자 녹아가는 깃털을 느끼며 하얀 새가 올해도 찾아온 것을 안다. 하얀 새는 얼마나 빠르고 큰 동작으로 나는지, 거리를 깃털로 가득 채우려고 한다. 하얀 깃털은 마법처럼 상상하는 무엇이든지 될 수가 있어. 아이는 전학 간 친구를 만들어 손을 흔들고. 할머니는 한때 같이 살았던 고양이를 만들어 머리를 쓰다듬고 있지.

하얀 새는 아무도 모르게 우리를 찾아오는 믿음 같다. 지난겨울, 난롯불을 피운 우리가 다시 모이자고 말한 약속 같고. 그렇게 하얀 새는 방 안에 혼자 남은 세상의 모든 사람에게 노크한다. 오랜만에 바깥을 걷는 사람이 깃털을 밟을수록 뽀드득뽀드득, 하얀 접시가 씻겨 나가는 소리가 나고. 깃털은 얼마나 많은지 거리의 사람들은 선물처럼 주고받는다. 쏟아지는 햇빛에도 하얀 새는 사라지지 않아. 매년 하얀 새는 환희가 되어서 돌아온다. 거리의 사람들은 새를 오래 기억하기 위해 하얀 깃털을 뭉치고 뭉친다.

환한 집

어린 조카가 나를 좋아한다고 한다. 누나에게 이유를 물어보니

"너의 그 칙칙함을, 무표정을 좋아해."

가족 모임에 불편하게 앉아 있는 나의 모습이
만화에 나오는 부기라는 옆집 아저씨를 닮았다고

바깥을 무서워해 나가지 못하는 부기 아저씨를
소피라는 꼬마가 매번 불러내어 모험이 시작된다고

나는 그런 조카를 하루 맡아주기로 하고

"나는 하얀 집에 살고 싶어."
조카는 가방에서 스케치북에 그린 집을 꺼낸다.

여름에는 태풍이 오고, 가을에는 은행이 터져 나가고, 겨울에는 폭설이 떨어질 텐데.

하얀 집은 금세 검어질 것이다. 우리의 테이블에 놓인 생크림케이크에는 포크 자국이 어지럽게 남아 있다.

"삼촌은 어떤 집에 살고 싶어?"

나는 검은 집이라는 말을 삼키고
환한 집이라고 대답하며 애써 웃는다.

조카가 잠시 화장실에 가고
환한 집은 어떤 집일까, 생각에 잠기는 사이

생크림케이크에
검은 파리 한마리가 죽어 있다.

나는 서둘러 케이크를 치우고

조카가 돌아온 테이블에
새롭게 놓인 생크림케이크

"……삼촌이 배가 고파서."

"삼촌에게 추천해줄 케이크의 맛이 아주 많아."

환한 빛이 비추는 동안

우리는 생크림케이크를 아무런 근심 없이 나눠 먹는다.

어디선가 하얀 집이 지어지고 있다

어디선가 하얀 집이 지어지고 있다. 초에서 초로 불이 옮겨지는 것처럼. 누군가 살았던 하얀 집 너머에 지어진 하얀 집이 불을 밝히고 있다. 촛농처럼 흘러내리는

하얀 집을 따라 걸으면 마을에서 마을로 이어지는 산책이 시작되고. 가족을 잃은 유령이 된 나는 하얀 집과 하얀 집 사이를 지날 때면 피아노 소리를 들을 수 있다. 고등어 굽는 냄새를 맡을 수 있다. 이 나무 저 나무 옮겨 다니며 나를 발견하고서 놀란 아이를 볼 수 있다.

마주한 하얀 집은 곧 허물어질 것같이 텅 비었는데. 얼굴이 창백한 아이는 내게 말을 걸어온다. 저와 같이 몸이 투명해졌군요. 마을 입구에 살았던 사람들은 언덕 너머 또다른 하얀 집을 찾아 나섰어요. 언덕 너머에는 빛을 닮은 미래의 사람들이 살고 있죠. 나는 흘러내리는 몸으로 그다음 하얀 집을 찾아 나서고

하얀 집에 들어가 가만히 누우면 심해를 떠다니듯 물고기 헤엄치는 소리가 들려온다. 창가를 내다보면 초식동물이 사

라지지 않을 풀을 뜯어 먹고. 천장 가까이 귀를 기울이면 다양한 새들이 푸드덕거리며 울음소리를 낸다.

　몇십번의 장마와 폭설을 견디며 하얀 집은 금세 검어질 것이지만. 하얀 집을 나와서 다시 하얀 집을 찾아 나서는 사람들이 끊이지 않는다. 하얀 집을 지었던 그들의 손과 발도 점점 하얘지면서. 태양은 매일 기나긴 마을을 통과하며 하얀 집을 찾아 나서는 유령을 비춘다.

말차의 숲

나는 매일 누군가의 기억 속에서 사라져간다, 티백이 되어서

당신들은 몇번이나 탁자 앞에 마주 앉은 적이 있을 것이다

탁자에 컵이 내려앉는 동안 당신들의 얼굴은 변해갔을 것이다

탁자 위에 차 한잔만 있으면 이야기를 시작하게 되는 공간에는

티백이 가득 쌓인 선반이 있고,

티백 안에는 숲에서 가져온 말린 잎이 있고,

당신들의 취향은 그중 하나가 되어갔을 것이다

좋아하는 맛을 처음 입안에 담아보면서, 좋아하는지도 모르고 음미하면서

당신들도 나처럼 냄새를 뒤집어쓰고, 달아나는 냄새를 일부러 붙잡아본 적이 있겠지

나는 지금 나의 냄새로만 가득한 찻잔 안에서 녹아내리는

것이다

　당신들이 한낮에 카페 종업원에게 말차라고 말했으므로

　한낮의 사라짐이 더는 슬프지 않다고 각오하게 되는 것
이다

　내가 사라진다는 건 어떤 거지?
　겨울철 비슷한 외투를 입은 두 사람의 어깨가 찬 바람에
서서히 닳아가는 것과 같은 걸까, 어깨를 맞대는 사람들 속
에서

　나는 한낮의 조명 같을 것이다
　세상에서 가장 작은 숲의 웅크림일 것이다
　겨울 숲에서 아이들이 만들어놓자마자
　햇빛에 닳아가는 눈사람처럼
　가끔 무릎을 모으고 앉아 있는 자세일 것이다
　슬픈 감정을 슬픈 노래로 무마하려는 마음 같은 것,
　그 마음의 끝에 다다르는 감정일 것이다

바깥이 보이지 않을 것이다, 아주 잠깐

당신들이 나를 마시는 동안

당신들의 눈은 잠시 하나의 잎처럼 보이고

내가 이렇게 연해지면서

당신들도 두그루의 나무처럼 천천히 소멸하고 있는 것
이다

그러나 당신들이 두그루의 나무처럼 어느 한낮에 앉아 있
는 모습을 떠올리며

나와 비슷하지만 조금은 다른 말차를 당신들이 다시 맞이
하기를 바라는 것이다

주전자가 할 수 있는 일

할머니의 주전자를 가져왔다

그 주전자로 커피를 끓일 수도 있고, 식물에 물을 줄 수도
있겠지만

아무것도 하지 않는
그 주전자는 나무에 앉은 나비처럼,
입을 다문 하마의 주둥이처럼 보인다

그 주전자를 가만히 두는 동안
세상의 모든 주전자는 새까맣게 타들어가기를 반복한다

할머니가 죽은 후에도 주전자엔 생명이 깃들어 있다
박물관에 전시된 최초의 자동차가 사람들의 머릿속을 질
주하듯이

주전자는 할머니가 담았던 신비한 약초 냄새로 들끓기도
한다

나는 그 주전자를 끓인 적이 없기에
할머니가 불을 조절하는 마음과
불을 끄는 때를 알지 못하지만

집 안을 소등하고 잠에 들면
할머니의 주전자에서 흘러나오는 이야기가 내 꿈속으로
밀려온다

같은 악기를 든 백 사람의
악기 연주법은 저마다 다르고

할머니의 주전자는
내가 모르는 수백가지 이야기와 사용법을 품고 있다

주전자가 화분이 된다면
어떤 식물이든 될 수 있는 가능성으로 무럭무럭 자라나
겠지
줄기가 뼈마디를 이루어
나의 얼굴을 어루만질 수 있겠지

소원을 들어줄지도 모르는 주전자 앞에 서면
눈 한송이가 떨어지듯 머릿속이 새하얘지고 만다

깊은 잠에 빠지면
할머니의 손이 가장 투명한 수증기가 되어 방을 떠돈다

주전자는 덜컹덜컹 돌고 도는 기차 소리를 낸다

무용하고도 기나긴 용

용의 몸통은 얼마나 깁니까? 용은 얼마나 오래 하늘을 날
수 있습니까?

언젠가 사라질 몸을 이어받은 사람들이
보이지 않는 용에 대한 질문을 품고 살아가는 게 이상하
게 느껴졌습니다

용을 떠올리는 단 한 사람이 사라질 때까지
용이 지나가는 하늘은 생겨나고,

나무의 마을에서 온 책상을 물려받고
밀의 마을에서 온 빵을 나눠 먹는
우리의 눈동자가
용을 처음 본 사람의 눈동자와 종종 겹칠 때가 있습니다

검에 장식되어 수직으로 흐르다가,
불에 구워진 도자기를 감싸고,
사람들이 모인 광장의 동상에 새겨져서 우리를 보는

용의 마을이 하늘이라면,

기약 없이 내리는 눈처럼 그 마을의 무늬가 지상에 내려 앉는 것을 봅니다

12년마다 용띠로 태어난 아이에게 용은 보이지 않는 무늬가 되어서

아이는 몸 안에 투명한 띠를 두르며 살아갑니다

얼마나 가까워졌습니까?

질문은 눈을 감는 순간 믿음에 가까워집니다

좋아하는 사람과 나란히 천을 걷는데, 천이 계속 이어지는 게 기이하게 느껴졌습니다

우리가 모르는 물고기들이 헤엄치는

천은 오래 잠을 자고 있는 용의 모습으로 흐르고

초록 나무들이 용의 털처럼 무질서하게 자란 모습을 보며

우리는 손에 닿는 잎을 가만히 쓰다듬어보았습니다

그림을 못 그리는 화가 지망생의 편지

나는 그림을 못 그리는 화가 지망생

화가가 되는 건 불가능한 꿈이고

언제까지나 내가 사는 마을에 화가 지망생으로 남겨져도

좋다

선생님은 가장 아름다운 것을 그려 오라고 했지만

나는 마을에 사는 요괴를 그렸고

"헛것을 보는 건 위험한 일이야"라는 말과 함께

미술 수행평가 최하점을 맞고 말았어

요괴는 마을에 하나밖에 없는 사진관을 운영하는

제임스 아저씨가 촬영한 모델이었어

아저씨는 오직 두종류의 사진만을 찍어왔어

하나는 취업을 하기 위해 다른 마을로 떠나는 멀끔한 우

등생의 증명사진이고,

다른 하나는 마을에서 오래 늙어가는 사람의 영정사진

이지

그러니까 아저씨는 지금까지와는 다른 종류의 사진을 찍

기 시작한 거야

자정이 되면 불이 다 꺼진 마을

제임스 아저씨는 유일하게 불면증에 걸린 아이인 나를 불

러냈고
  나는 집을 빠져나와 그의 조수가 되었지

  첫번째 발견한 요괴는 목수 삼촌이 힘 조절을 하지 못해
엉성하게 자른 밑동이야
  단면이 우둘투둘해 가구 재료로도 못 쓰는 밑동은 마을
길목 곳곳에 배치되었어
  마을 사람들이 잠시 앉아 쉴 수 있는
  엉성한 밑동은 사람들이 털어놓는 혼잣말을 기억하고는
다른 밑동에게 들려줘
  그러면 마을의 모든 밑동이 그 이야기를 알게 되지
  어긋난 단면 안에 이야기를 담을 수 있는 귀가 생겨났어

  비가 세차게 오던 그날 밤 우리는 밑동이 알려준 다리로
향해 갔어
  다른 마을로 이어지는 버스가 유일하게 통과하는 다리는
  밤이 되자 구렁이가 되어 스르르 마을을 둘러싼 산으로
들어갔지
  이장님은 오백년 넘게 산 구렁이 할아버지를 찾아가 부탁

을 했었던 거야

"마을의 다리가 되어주시겠어요?"

"예산 부족으로 우리 마을은 다리 건축 사업을 지원받지 못했어"

제임스 아저씨가 슬픈 목소리로 말할 때

유리 조각처럼 빛나는 새들이 비를 뚫고 우편배달부 토미씨네 집을 향해 들이닥쳤지

투둑투둑 빗물을 털어내고

새들이 날개를 완전히 펼치자 편지처럼 평평해졌어

수많은 새들이었어

마을 사람들의 사연을 받아 온 토미씨의 하얀 새는

낮에는 우편으로 떠돌다가

자정이 지나면 토미씨 집으로 돌아와 곤하게 잠을 청해

지금 당신이 보고 있는 편지도 토미씨의 하얀 새야

빈집이 많아지는 마을이 보내는 신호는 구조 요청도, 사람들이 놀러 오기를 바라는 마음도 아니야

당신은 어디에서 편지를 주워 읽고 있을까

편지는 자정이 되면 당신에게서 떠날 거고, 그건 참 다행이야

　당신의 하루는 이런 요괴 이야기를 간직하기에는 눈코 뜰 새 없이 바쁠 테니까

　매일 밤 내가 빈집의 담장에 요괴를 그릴 때면

　선생님의 목소리가 들려오는 것 같지

"헛것을 보는 건 위험한 일이야"

　그러나 오랜 시간 사람과 내통하며 몸을 변형해온 요괴들이

　마을 사람들의 지워지지 않은 얼굴로 나를 쳐다보는걸

설이가 먹은 것들

내가 설이를 처음 본 날도 생수를 한가득 실은 트럭을 몰고 있었어 쉬는 날이 거의 없는 나는 도로를 달리면서 풍경을 보는 일이 때로는 휴식처럼 느껴지기도 했어 그러던 중 얼굴이 창백한 할머니가 산 밑에서 설이를 안은 채 쭈그려 앉은 모습을 본 거야 그 순간 생수 하나를 할머니에게 건네야겠다는 생각이 들었어 생수는 꿈속을 더 투명하게 만들어주곤 했으니까 생수를 마시고 나면 사람들의 얼굴이 밝아지곤 했으니까

"참 하얗고 둥글둥글하네요" 할머니가 키우는 설이를 보고 말했는데 할머니는 "내가 보는 설이는 털이 삐죽삐죽하고 몸이 아주 검지요"라고 중얼거렸지 노을이 지고 있었고 할머니는 불에 타버리는 듯한 산을 등지고 있었어 생수 한 병을 다 비운 할머니는 내게 두 손을 내밀며 "설이를 키워주시겠어요?"라고 물었지 나는 그 새하얀 설이를 데려올 수밖에 없었어 노을 속으로 빨려 들어갈 것같이 할머니의 몸집은 작아지고 설이의 털은 불긋불긋하게 물들고 있었거든

트럭 위로 경중 올라탄 설이와 함께 나는 아직 도로를 달리고 있어 입을 앙다물고 있는 설이는 알 수 없는 표정으로

나를 쳐다봐 어린이집, 동물원, 병원에 생수를 배달하고 나면 생수를 마신 뒤 활기찬 아이들이, 물을 내뿜는 코끼리들이, 기지개를 켜는 환자들이 문득 슬퍼지는 거 있지 내가 설이를 너무 빨리 만난 걸까? 설이를 키우고부터는 물속에서 살아가는 것이 물속에서 죽어가는 것처럼 보이기 시작했어 설이는 마치 어두워져가는 연못, 갈라지고 있는 식탁, 끊어지기 직전의 전깃줄 같은 것이 되어가고 있어 그러나 그건 단지 설이를 바라보는 나의 마음일 뿐이겠지 설이는 지치지 않고 지겹도록 태양을 돌고 도는 행성 같은 거야 설이는 나보다 더 오래 살고 완강해

　나도 언젠가 설이를 할머니처럼 누구한테 건네주어야 하지 설이는 언제 트럭에서 폴짝 뛰어내려서 다른 곳을 향해 뛰어갈까 "정말 새하얗고 깨끗한 설이구나" 설이를 막 품에 안게 된 사람은 어떻게 늙어갈까

　설이는 아무렇지 않게 내게 온 공처럼 계속 굴러가고 나는 가끔 설이의 몸속을 달리는 기분이 들어 너무 빠르게 달리는 것도 느리게 달리는 것도 무서워져 지나가는 숲마다

복작복작 살고 있는 설이가 나를 쳐다보고 있어 들여다볼
수록 이상한 무늬의 점박이가 생겨나는 그 숲속에서 뒤엉킨
동물과 식물은 불가능한 꿈을 이어가려고 해

우리가 모르는 수십억개의 계단들

하얀 새의 무리에서 새 한마리가 떨어진다. 새의 무리는 흐르는 구름처럼 느려지다가

나는 작년에도 왔던 눈을 올해도 맞는다. 눈은 무섭게 쌓여가고

하늘에서 눈이 떨어지는 순간을 사람들은 찍는다. 아무도 모르게 눈은 얼굴과 옷깃과 손에 닿으면서 사라진다. 눈을 뚫고 사람들은 앞으로 나아가고

차가운 음을 연주하는 피아니스트는 얼마나 더운 여름을 지나서 여기까지 왔을까.

겨울 코트를 입은 관중들 앞에서 피아노 독주를 하던 남자를 보며 생각했다.

그의 하얀 손은 세차게 날아오르다가
눈 깜짝할 사이 사라지는 새 같았다. 그가 세계 곳곳을 돌아다니면서

이젠 내가 볼 수 없는 풍경이 다른 나라에서 상영되고 있
겠지.

멀고 가까운 이웃들처럼
공원에는 기쁜 사람들이 다 함께 만든 눈사람이 남아서
슬픈 표정으로 녹아간다.

눈이 퍼붓는
고층 빌딩에는 각자의 자리에 불빛을 매달고 앉아 있는
사람들이 있다. 피로가 만드는 아름다운

야경을 보면서 이 도시에 오길 잘했다고 믿는 연인이 있다.
차가웠던 연인의 마주 잡은 손이 도시의 불빛처럼 따뜻해
지는데

멀리 있던 창은 하나씩 꺼지고

계단을 올라갔던 사람이 다시 내려오지 못하고

계단을 내려갔던 사람이 다시 올라오지 못한다면

보이지 않는 식물이 만드는 산소를
들이마시며 사람들은 신호등의 빨간불을 본다.

산호초는 흔들리고 있을 것이다.
우리가 볼 수 없는 우리의 해골처럼

모든 표정이 죽어간다는 것

우리는 자랄수록 앞으로의 일에 대해 미리 알게 되었지.
준비물을 챙겨 오지 않고 교실로 들어섰을 때, 시험에서 낙
제를 했을 때, 잠을 뒤척이던 새벽 익숙한 번호의 전화가 여
러번 온 것을 발견했을 때

우리를 보고 웃고 있는 사람들의 표정에
우리의 모습이 달려 있을 수도 있다는 걸

그러나 우리와 함께 햇빛을 맞았던
커튼의 색이 바래지고 천이 쭈글쭈글해져도, 어느 아침에
다른 커튼으로 교체되어도

우리의 생활은 계속되어야 한다는 걸

커튼 뒤에는 볼 수 없는 얼굴이 하나, 둘, 늘어나고 있는
데……

그 사람만의 웃는 표정이 있었어요. 그건 분명 다른 사람
의 웃음과는 달랐는데

움푹 팬 보조개와 함께 그 사람의 흐물흐물한 옷이, 축 처진 가방이, 낡아가는 신발이……

괜찮아질 거예요, 괜찮아질 거예요, 말한 간호사의 얼굴이 새벽의 병동을 지날 때 너무 어둡다는 것을 알게 된 나는

복도에 없는 사람처럼 황급히 그곳을 빠져나왔지. 나도 직장에서는 아홉시간 동안 잘 웃어야 했던 사람

병원 앞 공원에서 어색한 웃음을 지으며 벤치에 앉아 있었는데. 희뿌연 빛에 갇힌 채 서로를 마주한 사람들은 그 표정이 무엇을 의미하는지 알지.

경적 소리가 나기 전과 후가, 컵이 손에서 미끄러지기 전과 후가 다르듯이. 우리를 알았던 사람이 나를 바라보는 표정이

어제오늘 사이에 달라졌다는 것을

내가 뭔가를 잃어버린 사람이 되었다는 것을

몇시간 후에 환한 햇빛이 비쳐도 소용없다는 것을

투명한 병

빛은 손 가까이에 있다. 아무도 그걸 가릴 수 없다.

과일을 갈아 만든 주스는 모두 다른 색깔로 출렁인다. 색깔은 나에게 주어진 하루의 기분 같아서

비가 오는 날은 포도를, 해가 비치는 날은 파인애플을, 어두침침한 날은 블루베리를 마시면서 거리를 걸었다.

내가 옆에 품고 있는 투명한 병 하나

공터 한가운데에 세워놓자
아이들이 공터로 몰려와 오후 동안 병을 굴리면서 논다.

달그락거리는 병이 한번씩 맑게 깨지는 소리

베란다에는 햇볕에 마른 몇개의 병이 놓여 있다. 무연한 표정으로 잠을 자던 친구들은 계속되는 아침을 맞이하지 못하고

바짝 쪼그라든 이불은 숨 멎은 고양이 같아. 이불을 펄럭이자 늘어나는 지붕 위에 고양이들이 깨어나 눈을 비비지.

나는 투명한 병으로 볼 수 있는 것들을 본다. 과일나무들은 자라나 나의 혈액을 이루는데

이빨은 자꾸만 흔들거리지. 한 장소에서 몇번이나 무너지는 건물같이

공터에서 너무 많은 병이 깨졌다.
내 안에서 병들은 무섭게 겹쳐졌다.

다 자란 아이들은 이젠 공터의 빛 속으로 들어오지 않는다. 바깥에서 높아지는 건물을 아이들은 밤에도 칠한다.

나 혼자서 병 하나를 오래도록 굴리면서 조심했다. 나를 깨트리지 않도록

모든 건물을 유령처럼 통과하는

붉은 해가 슬며시 병을 빠져나간다.

사과가 맛있지 않다.

저녁을 천천히 먹어야 한다

집에 돌아오면 저녁을 급하게 차리고 나간 사람의 식탁이 있고. 그는 오늘도 늦을 것이라고 말한다.

"혼자서라도 밥을 잘 챙겨 먹어야 해."

얼굴에 붉은 기가 사라지지 않는
저녁은 매일 찾아오고

식탁에는 계란프라이가 풀어지고 있다. 김치찌개가 식어 가고 있다. 모양이 다른 동그랑땡 중 어느 것도 먼저 집지 못한다.

횡단보도의 빨간불이 세번 네번 바뀌는 동안
집으로 오는 마지막 횡단보도를 그는 여전히 건너지 않는다. 그렇게 눈이 쏟아지는 몇번의 겨울이 지나면서 그 사람이 영원히 오지 않는다는 것을 깨닫고

내가 그 사람이 했던 요리를 따라 하며 우리의 식탁을 차리는 저녁이 계속되는 것이다.

눈앞에서 뜨고 지는 태양처럼
허기는 커지고 줄어들기를 반복하고

저녁때가 되면 사람들은 몇십년이 지나도 맛이 변하지 않는 음식점을 찾아 나선다. 3대째 내려온다는 음식점 간판에 걸린 세 사람은 흐릿해지고

계란프라이의 노른자는 접시에 다 흘러내렸다.

저녁밥을 꼭꼭 씹고서 천천히 목 뒤로 넘겨야 한다. 밥공기가 줄어드는 동안 저녁을 같이 먹었던 옆얼굴이 나를 쳐다보기에

의자를 앞으로 당길 때 드르륵,
맞은편에서 누군가 의자를 빼고 앉을 준비를 하기에

네가 무슨 생각을 하든지 괜찮지만, 그 마음만은 가지지 말아줘

네가 화창한 날에 기운을 내서 바깥을 나설 때
건물 외벽에 지어진 투명한 거미줄은 넓어져 햇빛이 통과
하고 있지

거미줄을 지을수록 거미는 갇히는 걸까, 방을 갖게 되는
걸까
얼룩덜룩해지는 베개를 베고 누울 때 알 수 없는 마음이
우리에게도 있고

너는 이제 너무 많은 식물이 죽은 방 안에 식물을 들이는
습관을 지니지 않고
매연을 먹은 나무들이 빽빽한 거리를 아무 이유 없이 걷
겠지만 그 마음만은 가지지 말아줘

실밥이 튀어나온 스웨터를 입은 것 같은 어정쩡한 기분이
드는 날도 있지만 그 우울한 하루를 마냥 벗어 던질 수 없지

네가 언제 끝날지 모르는 기다란 다리를 건너는 동안
얼굴을 가릴 정도로 챙이 넓은 모자가 바람에 날아갈 때

도 있지만

뒤집힌 모자가 강가에 떠다니는 것을 오래 보지 말아줘

너는 지금 신호를 몇번이나 흘려 보낸 채 횡단보도 앞에
서 있다 나는 언제나 너의 맞은편에 서 있고

횡단보도를 건너는 사람들은 우리를 보고는 금방 잊겠
지만
그 마음만은 가지지 말아줘

네가 우연히 거리를 걷다가 해체된 줄만 알았던 인디밴드
의 신곡이 들려올 수도 있으니까 아무도 발견하지 못한 거
미줄 같은 마음을 계속 짓는 사람들 사이에서

얇은 실 끝에 서서
너를 바라보는 것만으로 웃을 수 있으니까

빛은 나를 빠져나갈 수밖에 없는 기차

눈을 떴을 때 창문 너머로 하얀 빛이 비쳤다 빛은 나를 빠져나갈 수밖에 없는 길고 긴 기차

내 옆에서 수박을 먹던 할머니, 낮잠을 자던 친구, 꼬리를 흔들던 강아지, 젤리를 좋아하던 사슴벌레…… 모두 그 기차를 타고 떠났다

내가 잠에 빠지듯이 스르르 기차도 어느새 출발했지 나를 떠나가는 기차의 기관사 얼굴 한번 봤으면

기차에 탄 할머니가 창문 바깥으로 지팡이를 내밀 때도 있지만, 강아지가 멍멍 짖을 때도 있지만

두 손을 하늘 높이 흔들어보아도
굴뚝 연기처럼 한없이 옅어지기만 하는 기차

지붕과 숲으로 둘러싸인 마을을 빙글빙글 돌수록
다양한 색깔로 물들어가는 하늘은 수천대의 기차가 남긴 자국으로 가득했다

어둑어둑해지는 하늘은
기차에서 나를 쳐다보는 여러 색깔의 눈동자가 한꺼번에
눈을 감을 때 찾아오고

노란 가로등이 밝혀진 마을의 언덕에 올라
고양이와 나는 하늘을 빠져나가는 각자의 기차를 본다

내가 보는 기차에 누가 탔는지 고양이가 모르듯이, 고양
이가 보는 기차에 누가 탔는지 나도 모르지

미래의 나의 기차에 고양이가 타고
고양이의 기차에 내가 탄다면

나는 고양이를 쓰다듬을 수 있을 때까지 쓰다듬는다
고양이의 갈색 털은 빛을 가득 머금고 있다

희망

갈색 개는 줄만 남겨둔 채로 행방불명이지만
파란 개집은 마당에 오래도록 남겨져 있다

식물을 잘 가꾸는 사람은 식물의 죽음을 가장 많이 보았고
죽은 화분은 살아 있는 화분이 된다

무대에서 남자는 어제도 총을 들고 오늘도 총을 들어
관자놀이를 겨누었다

남자는 어제도 죽고 오늘도 죽었지만
그는 여전히 죽지 않고

쓰러지는 여러가지 방식을 궁리할수록
빈 좌석에는 다양한 사람들이 찬다

한때 자살을 꿈꾸었던
누군가는 객석에서 울음을 터트리고 만다

하늘은 미래의 새들로 가득하고

날이 좋은 공원의 벤치에는
언제나 가능성이 있다

한 사람의 낮잠과
두 사람의 대화
다섯마리 고양이의 숨바꼭질과
수십마리 새의 휴식

우리는 매일 작은 침대에서 나와
작은 침대로 돌아간다

꿈속은
빠져본 적 없는
푸른 바다처럼 넓다

고요한 연은 하늘을 몇번이나 뒤집고

아이가 하늘 높이 날린 연이 바람에 몸을 실어 스스로 날아갔다

장인들이 손에서 놓아버린 아름다운 접시들이 매일 고요한 식탁을 채운다

이국에서 온 꽃의 품종들이 뒤섞이면서 마을의 작은 화단을 이루고

다 자란 꽃은 한 사람을 위한 고백, 혹은 죽음에 바쳐지기도 하지

손에 꼭 맞는 돌을 가지기 위해 노인이 흐르는 강물에서 색색의 돌을 뒤집는 동안 저녁이 오고

버스 창 안으로 들어오는 햇빛으로 매일 밝혀지는 순간의 얼굴들

나가고 들어오기를 반복하는 신발로 현관은 완성되지 않는다

언제나 우산꽂이의 우산은 보라색 초록색 연두색 하늘이 될 가능성으로 남아 있다

연은 우리가 알지 못하는 곳을 밤까지 떠돌다가

빨래를 걷는 사람에게는 잃어버린 이불로, 그림을 마친 아이에게는 검은 도화지로 비치지만

연은 여전히 연으로 남아 하늘의 풍경을 몇번이나 뒤집고

제 4 부

우리는 1층에서 자유로워

종이 치자마자 아이들은 교실 창문 밖으로 종이비행기를 날리고, 하늘에 떠오른 알록달록한 풍선은 가라앉고

우리는 또다시 1층에서 만나지

한층 한층 높아질수록 언제나
한층 한층 낮아져야 하는 사람들

3층에서 먹었던 크림파스타와 7층에서 보았던 공포영화와 11층에서 도로를 내려다보며 떠올린 아찔한 상상을 뒤로하고

우리는 1층에서 만나지

엘리베이터에서 층을 누르던 우편배달부의 짐은 가벼워지고, 건물을 짓던 인부는 장비를 다 내려놓고, 이제부터 우리는 우리가 누군지 모를 정도로 자유로워

우리는 1층에서 만나서

어디로든 산책을 떠나고, 이리저리 뜀박질하는 강아지를 보고, 아무 벤치나 골라 어둠이 내려앉은 하늘을 멍하니 볼 수 있지

엘리베이터에 오른 사람들이 만드는 불빛은 마냥 아름다워 우리는 타오르는 듯한 건물과 건물 사이를 아무렇게나 걸어가지

우리는 때로는 유니폼을 입고, 습관처럼 같은 층을 누르고, 어제도 본 사람과 인사를 나누며 일과를 보내야 했지만

이 거리에서
내가 우연히 너를 스치고, 네가 나를 스칠 때

우리의 두 발은 언제나 새처럼 떠나갈 준비를 하고, 우리는 1층에서 자유롭게 만나고 흩어져

투명한 원

우리는 열차를 타고 돌고래 쇼가 열리는 작은 해안 마을로 갔다. 평상시 돌고래 배지를 모으고, 다이어리에 돌고래 스티커를 붙이던 너는 눈앞에서 돌고래를 본 적이 없다고 했다.

우리가 도착한 해안가의 모래사장에는 아무도 없었고
상가의 절반은 문이 닫혀 있었다.

정차한 열차는 미세한 연기를 하늘로 날려 보냈다. 동그란 연기 모양은 흩어지고

우리는 돌고래 쇼가 열리는
파란 천막으로 들어갔다.
사육사의 지시에 춤을 추는 그건
우리가 생애 처음 보는 돌고래였다.

모두가 그렇듯이 손뼉을 쳤지만
이 박수가 훌라후프를 던진 사육사에게, 훌라후프를 연달아 통과하는 돌고래에게, 그걸 바라보는 우리에게 돌아오는지

알기 어려웠다. 사방이 파란색으로 페인트칠 된 공연장은 어두워지지 않았다. 여기서 돌고래는 먹고 자고 쉰다. 돌고래는 물속에서만 살 수 있고

우리는 정해진 궤도를 달리는 열차를 타야만 집으로 돌아갈 수가 있다.

붉은색 하늘은 세상을 미처 빠져나가지 못한 영혼 같다.

집으로 돌아가는 열차의 네모난 창 바깥으로 우리가 가보지 못한 마을이 지나갔다.

바깥은 기관사가 매일 벗어날 수 없는 꿈속같이 펼쳐지고

우리는 돌고래 얘기는 한마디도 나누지 않은 채 두 손을 잡았다. 열차는 얼마나 빠르게 달리는지. 터널을 지나갈 때마다

어두운 열차 안에서
두 손에는 주름이 지고
너를 처음 본 모습이 되풀이된다.

열차의 연기는
하늘에서 투명한 띠가 되어서 끝내 사라지지 않을 것이다.

우리가 가는 곳마다 둥둥 떠다니고 있을지도 모른다. 기
관사의 꿈속은 점점 어두워진다.

그 돌을 함부로 주워 오지 말아줘

모래 알갱이가 조금씩 작아지는 해변에서 돌을 주워 오지 말아줘. 모래사장에 누운 채 파도 소리를 들으며

발밑부터 사라지는 생각을 하는 사람들 사이에서. 표정이 지워지는 돌 하나를 주워 온다면

이제 돌은 투명한 장식장 안에서
파도가 밀려오는 꿈을 꾸어야 한다.

몸이 하나도 젖지 않은 채로
팔다리도 움츠러들지 않은 채로

앞으로 돌은 백년 동안의 고독을 견뎌야 한다. 돌은 돌에게 소원을 비는 사람을 통해 소원을 가지게 되지만, 그 소원 속에서 기쁨도 우울도 어지러움도 알게 되고

종종 바다에서 꺼내진 또다른 이웃집 돌이 이사 와서 그들만이 아는 신호를 주고받을 수도 있겠지만. 거실의 돌들이 다 함께 꾸는 파도 꿈으로 아파트가 범람할 수도 있겠지만

우리가 깨어나면
언제나 잠들어 있는 돌

잠 속에서 흙처럼 작아지는 돌은
어느 날 자신이라는 짐을 옮기지 못하는
우주에서 떨어진 운석처럼 두리번거리기만 한다.

산이 깎여 나간 뒤
아무런 표식이 없는 표지판처럼
동물원이 사라진 뒤 남겨진 동물 모형처럼

손톱도 발톱도 깎이지 않은 채로 질량이 일정한
돌은 곰팡이도 피지 않고
입속의 크림처럼 부드럽게 없어지지도 않는다.

아무도 펼쳐보지 않은 책처럼
홀로 이야기를 되풀이해야 한다.

돌은 백년째 뒤돌아서 낙서를 하는 아이 같지만
그 낙서가 매일 아침 지워지는 것을 본다.

언젠가는 돌이 된 사람들을 보아야만
사라질 수 있는 돌

그런 돌은 단추를 채우고 지정석에 앉은 우리처럼
가끔 우리를 지그시 쳐다본다.

공룡 같은 슬픔

다 똑같은 공룡은 아닐 것이다
오르니톨레스테스는 날아다니는 곤충을 사냥했다고 하
지만
날개를 가진 곤충에게 이름을 지어주며
둘도 없는 친구가 된 오르니톨레스테스도 있을 테니까

우리들 중 누군가도
영원히 인류에게 기억될지도 모르지
우리의 목은 점점 뻣뻣해지고
발걸음은 무거워지고 있지
그러니까 지금부터
아무도 모르는 행동을 해보자
주말 아침에 깨어나
하품을 백번쯤 하고
열가지 방식으로 귤을 까먹고
오지로 산책을 나서고
수액을 찾으러 나무에 오르는
개미와 뜻 없이 인사를 나누자
너무 크고 짐작이 가지 않는 것을

한눈에 보기 위해 지금도 누군가는 모형을 만들고 있지

우리가 만든 지구본에서 벗어나지 못하듯이

동상이 온화한 미소를 견디고 있는 것처럼

몇억년 전에 멸종된 공룡은

열대어가 사는 어항의 장식으로, 초등학생의 가방 고리
로, 샐러리맨의 침대 쿠션으로 남겨져 있다

어디에나 공룡 같은 슬픔이 있다

세상의 모든 과학자

세상에는 얼마나 많은 과학자가 살고 있는지
착한 과학자, 나쁜 과학자, 엉뚱한 과학자……

과학자를 처음 꿈꾸는 건 얼마나 순수했는지 그러나 폭탄
과 공장을 만들며 검은 구름이 하늘을 차지하는 것을 보는
과학자는 얼마나 많은 마음을 스스로 터트려야 했는지

이제 생각조차 나지 않습니다

우리는 매일 차들이 에워싸는
4차선 도로의 횡단보도를 걷는 사건의 과학자들이지

우리를 스쳐 지나가며 질주하는 차처럼 우연한 생각들이
무서워질 때가 많다

생각들이 모두 발명된다면 좋은 세상보다는 나쁜 세상으
로 기울어질 거야 생각들을 운반하게 될 우리의 커져가는
두 손이 미워질 거야

백 킬로그램의 하중을 견디는 탄탄한 우리에 돼지를 넣어
두는 것도, 어두운 골목에 쥐덫을 설치하는 것도, 둥근 어항
속 색색의 물고기를 지켜보는 것도

모두 사소한 과학의 영역이다 집 안을 작동시키는 기기와
전등을 끄며 내일 아침 못 일어나겠다고 생각하는 것도, 그
생각을 떨쳐내는 것도……

밤을 발명한 과학자는 보이지 않고, 우리를 모두 검은색
으로 덮으려고 한다 우리를 잠시 마비시키려고 한다

사각 서랍장 속에서 테두리를 빙빙 돌며 멈출 때까지 춤
을 추는 로봇 병정들처럼,

우리의 두 손과 두 발이 멀쩡히 움직인다는 것이 이상하
지 두 손과 두 발이 사라질 때까지

우리와 같이 태어난 세계를 사랑하고
증오한다는 것이

초마다 신호를 주고받는 핸드폰에
우리의 얼굴 조각을 남기며

전파는 지구의 거대한 띠를 이룬다

새해에 해돋이를 보기 위해 동해안으로 떠나는 우리의 기
도는 고속도로를 정체되게 하지 연기를 피워 올린 채로

해를 발명한 과학자는 그 모습을 어디선가 지켜보고

햇볕을 쬐며 양팔을 벌린 나무가
나무로부터 태어나고
두 손을 모으며 전기톱으로 나무 자르는 사람이
사람으로부터 태어나는 것을

말릴 수가 없겠지

끝나가는 원

세상의 어느 저격수는 총구를 겨눈 채 고독하게 기다리고 있지 또다른 저격수가 자신을 겨누고 있는지도 모른 채로

침대를 살 때부터 우리는 왜 매트리스의 푹신함이 얼마나 갈지 물어보게 될까 달걀의 유통기한을 알아보며

탁, 탁, 탁, 하나씩 프라이팬에서
깨지고 마는 하루들

오늘을 어떻게 다 쓸 수 있을지 주말의 회사원들은 늘 고민하지 커튼 너머로 어둠이 벌써 반쯤 찾아온 줄도 모르고

모이면 모일수록 넓어지는 테이블처럼 큰 원이 되어가던 사람들은 택시 안에서, 가로등 밑에서 점점 더 작은 원이 될 때까지 색채를 잃어가고

우리는 정말 중요한 순간에 말끝을 흐린다 헤어짐을 앞둔 능숙한 배우처럼

그러나 결정은 언제나
장바구니 안에 넣을 식재료에, 누군가와 포옹을 나누던
우리 안에 있다는 것

우리는 우리의 고독한 저격수라는 것

한낮 동안 바깥을 채색한 화가는 그만 침대에서 잠들기를
원하지 캔버스에 말라 있던 물감이 비로소 뚝뚝 떨어지기
시작하는데

빛을 보지 못한 그는 왜 죽은 후에야
하루 종일 미술관에 얼굴이 걸려 있는 걸까

유령들의 드럼

드럼을 마주할수록 우리는 오래된 음악가가 되어버린 걸 알지. 음악이 될 수 없는 음악가라는 걸 알지. 드럼은 초 단위로 새롭게 떠오르는 얼굴이고, 우리는 드럼에서 떨어진 몸들이라는 걸 알지. 그러니까 우리는 드럼을 강박으로 치려는 강박에 시달리고 있지. 우리는 서로의 손을 붙잡고 원을 그리면서 흔들렸다, 아무런 흔들림도 없이

첫 음을 되살리려는 입 모양은 영원히 유예되었지. 지금 드럼을 잘 치는 사람은 지금 드럼을 칠 수 있는 사람이겠지. 자신이 내는 드럼 소리를 가장 먼저 듣는 사람이겠지. 비가 온다고 첫번째로 말한 사람에게서 우리가 비를 감각하는 것처럼. 그의 음악으로 모두가 젖어갈 수 있는 거지. 비가 온다고 누가 가장 먼저 말했지? 고개를 돌려도 그를 찾을 수 없어서 우리 모두는 그의 빗속이 되어버린 거지.

고개를 올려다보면 불안한 생각으로 떠오른 먹구름은 하늘을 빠져나간 지 오래지. 이것이 음악이 될 수 있을까, 이것도 음악이 될 수 있을까, 이런 질문들이 우리를 한때 괴롭혔지만. 이제는 그 질문들 속에 우리가 갇히기를 간절히 바라

게 되었지. 자네는 스틱을 너무 빨리 내려놓았어, 우리는 음악이 우리를 찾아온 순간이 아니라 우리를 떠난 영원한 순간에 대해서 하염없이 떠들고

　지금의 연주자가 떠나고 있다. 지금의 연주자가 사라지자 우리는 지금의 드럼을 잃어버리지. 지금의 청중을 잃어버리지. 연주자가 드럼을 두들기지 않을 때 우리는 우리라는 환청을 듣기 시작하지. 우리는 한때 드럼 앞에서 자주 손을 떨던 사람들. 자신의 손을 늘 이기지 못하던 사람들.

　연주자는 천마리의 새를 한꺼번에 날려 보냈지. 스스로를 붙잡지 못한 새들이 떨림 속에서 죽어갈 때. 그 새들이 과연 죽었다고 말할 수 있을까. 보이지 않는 새들은 미래의 허공에 수천마리의 새를 남기고 떠난 것이지. 오늘의 날갯짓이 오늘의 날갯짓에만 갇히지 않았다는 걸 알지.

　그러나 우리는 어제의 연주자. 드럼 앞에서 매일 스틱을 잡았던 손이 떨린다고, 온몸으로 전해진다고 말하고 있지. 떨리지 않는 몸으로, 실물의 연주자를 보던 유령들이 되어서

우리는 보이지 않는 원형 탁자에 모여 앉기로 했다. 서로의 표정을 바라보면서 서로의 음악을 상상하기로 했다. 그럴 때면 우리는 이제 막 음악을 꺼내려고 하는 미지의 음악가들 같지만. 드럼 안에는 꺼내지지 않는 드럼들이 너무 많다고 말하면서, 드르렁거리면서 잠을 자는 척하는 우리는

우리를 깨울 단 한 사람의 연주자를 기다렸지. 다가올 연주자가 우리의 환청이 모두 달아나버리게 훌륭한 음악을 연주하기를 원하면서, 그래서 우리의 질투가 마침내 환호로 바뀌기를 원하면서

비행하는 구름들

귓속에 빗소리가 가득 찬 새벽
몸 안에는 노래를 부르다 죽은 가수가 떠밀려 와
나는 종종 깨어나 가수의 마지막 노래를 이어 부르지
죽은 가수의 노래는 날마다
동시대에 살지 않았던 사람의 목청으로 새롭게 불리고
교실 창밖으로 날린 수천개의 비행기 중 하나가
아무도 발견하지 못한 수풀에서 날개를 회복한다
햇빛이 공처럼 날마다 창문으로 날아와
베개에 피어오르는 꿈의 먼지
매일 가장 어린 새와 가장 늙은 새가
서로의 영혼을 뒤바꾸는 아침
어린 새가 첫 비행을 시작하자
세상에서 가장 작은 섬이 밀려오는 파도와 같아지고
비가 내린 뒤에 세탁된 구름들
골목을 빠져나온 아이들의 떠들썩한 소리
언젠가 사라질 얼굴을 티셔츠 안으로 넣자마자
모든 공기가 나를 새롭게 통과한다

비밀

창을 뚫고 새가 들어왔다. 새가 밝은 빛처럼 날아들 때 나는 놀라는 표정을 숨길 수 없다. 얼굴은 빛에 훼손되어가고

새로운 얼굴을 상상하며 이불을 뒤집어써도 소용없는 아침은 오지.

네가 나를 본다고 생각할 때 나는 오래된 장면 하나를 가졌다는 걸 알지.

왜가리, 제비, 참새, 벌새, 공작, 딱따구리…… 우리가 함께 본 새들은 많아서 다 기억할 수는 없지만. 그래서일까

강가에서, 거리에서, 수영장에서, 공원에서, 놀이동산에서, 영화관에서…… 창을 뚫고 새가 나를 쳐다본 게 이번 한 번이 아니었어.

그때 내가 있는 모든 장소가 창이 될 수 있다는 것을 알았지. 낯선 상황에서 익숙한 목소리로 걸려오는 전화처럼

지금의 나를 머뭇거리게 만드는

새를 간호해서 돌려보낸다면 새는 더 큰 상처를 내고 내
게 올지도 몰라.

멀어져가는 사람의 뒷모습은 빛에 곧 사로잡힐 것만 같
아. 비추다 만 얼굴로 네가 뒤돌아보았을 때

우리는 새에게 처음이 되고
새는 처음의 모습으로 죽어가고 싶어 하지.

이미 너와 봤던 영화를 혼자서 보고 있다는 걸 알려준 건
주인공의 집 마당에 살던 딱따구리야. 주인공이 집에서 나
오면 소리를 멈추고 집에 들어가면 나무를 쪼아대던. 그래
서일까

빈 객석의 어둠을 두드리는 딱따구리를 말릴 수 없었던
건. 갑자기 울음이 터질 것 같은 얼굴처럼

오늘은 돌아다니면서 평생 듣게 될 새들의 소리를 미리 들었어.

우리가 매일 지나치는 것

오늘 처음 보는 당신은

횡단보도의 맞은편에서 갈색 코트를 입은 채로 초록불을 기다리고, 카페의 옆 테이블에 앉아 한 사람이 서서히 죽어가는 소설을 읽고, 지하철 같은 칸에서 도시의 불빛이 사라지는 것을 본다.

그런 당신은 오늘 우울하거나 기쁜가? 나는 당신을 향해 매일 조금 우울하거나 기쁜 표정을 지을지도 모르지만

그건 우리에게 크게 중요하지 않을 것이다.

오늘 내가 보도블록을 걷다가 동전을 흘리지 않았거나, 카페의 구석 자리보단 햇빛이 비치는 창가 자리를 살폈다면, 사람들이 가득한 지하철에 몸을 집어넣지 않았다면

당신을 영영 마주하지 않을 수도 있다. 그렇게 당신이 나를 봤을 것이다.

담장 위를 오르는 고양이의 날렵한 꼬리같이. 지도 앱을 띄우고 같은 장소를 헤매는 관광객의 머뭇거림같이

우리가 이렇게 지나친다는 것. 우리가 이렇게 서로에 대해서 알지 못한다는 것. 우리의 가족 중에 누가 아프고, 우리가 몇번의 짧고 긴 이별을 하며 살아왔는지 모른다는 것은

복잡한 세상에서 참 다행인 일

매일 바뀌는 건물의 전광판같이, 횡단보도의 신호같이 우리에게는

우울하거나 기쁜 일이 생겨나고

나는 웃는 연습을 할 것이다. 갑자기 웃을 것이다. 나를 모르는 당신을 향해

오늘이 처음이자 마지막인지도 모르니까. 이게 우리의 짧은 눈 맞춤일 테니까. 그걸 곧 잊어버릴 테니까.

우리는 이렇게 우리와 비슷한 사람을 하루에도 수천번 지나칠 테니까. 만나도 만나지 않아도 되는

우리는 매일 어딘가에서

너의 신비, 그것은 세계의 신비

우리는 공원까지 자전거를 타며 외계인으로 추측되는 것
을 말하는 놀이를 하곤 했지만

"담장 밑 보이지 않는 고양이 울음소리"
"아이스크림을 양손에 들고 먹는 학생"
"공중전화 부스에 한참 동안 머리를 박고 있는 회사원"
"……"

초여름의 공원에 도착했을 때 너는
너답지 않은 우울한 표정을 짓고 있었지.

"오늘은 외계인을 믿지 않는 하루일 뿐이야. 그러니까 너
무 걱정하지 않아도 돼. 내게는 외계인을 믿는 364일이 있으
니까."

우리의 외계인 찾기는 이어지지 않고, 나는 여름이 다 지
나가는 공원에서
혼자 콜라를 마시면서 저녁을 보낸다.

공원으로 오는 길에

나는 담장 밑에서 고양이 울음소리를 내보았다. 흘러내리는 아이스크림을 두 손에 든 채 어두운 하늘을 바라보았다.

공중전화 부스에 들어가 너에게 전화를 걸자

잠이 덜 깬 낯선 목소리가 내게 묻는다.
"누구세요?"

나는 급하게 전화를 끊고, 자판기 불빛이 비치는 벤치에 앉아 생각하지.

오늘은 네가 나타나지 않은 하루일 뿐이고, 오늘을 기점으로 1년은 364일 남았다.

그렇게 1년은 당분간 반복될 것이다.

나는 너와 자주 지났던 길을
자전거를 타고 혼자 달린다.

상점에서는 후렴구가 반복되는 외국 노래
콜라를 들고 서성이는 사람들

페달을 아무리 밟아도
같은 풍경을 벗어나지 못한다.

네가 없는 세계에서
나의 자전거는 붕 떠버린다.

나만 외계인처럼 보인다.

또다른 행성에서 나의 마음을 가진 누군가가 살고 있다

내게 찾아온 것들이 가끔은 믿기지 않을 때가 있지.

내 방 책상 위를 올라가기를 즐기는 고양이가 우리 집 앞을 서성거렸던 오후와
서랍의 엽서를 꺼내면 이국의 바다에서 나에게 미소를 짓던 사람의 파란 눈동자를 떠올릴 수 있는 여름같이

그렇게 어떤 하루는
믿을 수 없는 마음으로 누군가 내게 남긴 선물 같지.

비가 올 때 듣고 싶은 가수의 노래처럼, 닿을 수 없는 이야기가 서로를 마주 보는 아름다운 책처럼

나는 우연히 떠오르다가
빛을 내면서 사라지는 것들의 목록을 적고

그건 또다른 행성에서
나의 마음을 가진 누군가가 보내는 신호 같지.

"방금 공원을 지나는 너를 보았어."

　나는 낮잠에서 깨어나
　오랜 친구의 전화를 받으며 창문 너머의 햇빛으로 손을
내밀고

　어딘가에서 자신을 낮게 부르는 목소리에 깨어난 사람들
이 보인다. 나는 불빛이 멈추지 않는 이 행성을 걸어 나갈 수
있지.

　다가갈수록 꺼지고 멀어지기만 하는 불빛을 향해. 뒤를
돌아보면 내가 모르는 불빛이 하나둘씩 켜지는 이상한 거리
에 서서

단 하나뿐인 손

내 손에 꼭 들어오는 알맞은 크기의 돌. 올려다보면 빛에 따라 색깔이 변하고 있는 것

연못을 향해 던지자 그 돌을 다시는 쥘 수 없는 사람이 되었다. 저마다의 색으로 물든 나무들로 이루어진 아름다운 숲을 언제나 내려와야만 했다.

주변이 어두워질수록 나의 얼굴은 얼룩덜룩해져서 보이지 않지만

멀리 있는 빛이
가까워지고 있다는 믿음으로 집에 도착한다.

문을 열자마자 나를 반기는 갈색 강아지
쓰다듬을수록 나는 강아지의 마지막을 받아들일 각오를 해야 한다.

지하철역을 하나씩 지나칠 때마다
내가 단 한 사람의 얼굴을 하고 세상에 남아 있다는 것이

의미심장해지고

맞은편에는 언제나 손을 흔드는 사람들
두개의 심장이 만나고 헤어지는 걸 반복하는데

손을 쥐었다 펴면서 떠나간 것이 완전히 떠나간 것을 본다.

죽은 가수의 피아노곡이 거리를 메울 때
나를 향해 미소를 지으면서 걸어오는 한 사람

조심스럽게 손을 잡아야 한다.

마음의 유물론

김미정

1. 소유될 수 없는

'마음'이라는 말처럼 종잡기 어려운 말도 없을 것 같다. 감정, 생각, 느낌, 정서, 그 어떤 말로도 온전히 환원되지 않는데다가 이것이 대체 내 몸 어디쯤 있는 것인지, 어디에서 오는 것인지, 어떻게 만들어지는지와 같은 질문을 거듭하다 보면 생각은 더욱 갈피를 잡기 어려워진다. 강우근의 첫 시집 『너와 바꿔 부를 수 있는 것』에서 유난히 눈에 띄는 '마음'이라는 말 앞에서 이런 사정을 다시 떠올려본다. 예컨대 이 마음들은 보이는 것 너머를 신경 쓰는 마음(「단순하지 않은 마음」)이며, 누군가를 염려하는 마음(「네가 무슨 생각을 하든지 괜찮지만, 그 마음만은 가지지 말아줘」)이자, 조카의 믿음을 지켜주고 싶은 삼촌의 지혜로운 마음(「환한 집」)이고, 지금은 사라졌을 구슬 안에 담긴 어린 시절의 마음들(「우리의 바보 같은 마음들」)이거나, 당신이 읽는 책의 다음 페이지를 궁금해하는 양초의 마음(「하루 종일 궁금한 양초」)이기도 하다.

일일이 열거할 수 없는 이 마음들의 주인은 예의 그 서정시 속의 화자임이 분명하고, 이 시들이 주제화하는 마음 역시 우선은 시인의 마음임이 분명하다. 그럼에도 "공기 중에 떠다니는 이 하얀 연기는 내가 말하는 방식일까, 당신이 말하는 방식일까"(「하루 종일 궁금한 양초」) 자문하거나, "영화를 함께 보는 두 사람이 같은 호흡이 되어"(「일렁일 때까지 일렁이고 싶은 마음」)가듯 어디에서든 부지불식중에 연결되고 있는 호흡들을 생각하는 화자는 '나의 마음' '너의 마음'과 같은 식의 구별에 분투하지 않는다. 물론 이는 시인의 마음을 부정하는 이야기가 아니다. 시인뿐 아니라 우리는 매 순간 마음 없이 살아가지 않는다. 일상의 어떤 순간이나 장면을 시야에 두고 시를 써 내려갔을 시인의 물리적 상태를 지우면서 이런 이야기를 할 수는 없다는 말이다.

'시'라는 장르를 성립시켜온 전통적 전제 혹은 세계관이 있었다. 이를테면 '세계의 자아화' '서정의 표현' 같은 말도 바로 시인의 마음에 대한 술어였을 것이다. 거기에는 '세계 vs 자아(나)'같이 미리 구획된 범주의 대결이 놓여 있다. 그런데 이 시집 속의 마음들은 그러한 구획 이전을 응시한다. 그리고 마음이 어떤 특정한 주체에 귀속되거나 독점될 수 없음을 환기한다. 이 시집에 나타나는 마음을 엿보다보면 그것은 늘 무언가의 원인이라기보다 결과에 가깝다. 이 마음은 너, 당신, 사물, 세계로부터 촉발되어 나에게 무언가를 발생시키는 어떤 애매하고 식별 불가능한 상태들에 가깝다. 이런 시들 앞에서 간단하게 '시인의 마음' 같은 관성적 말을 떠올릴 수 없는 것이다. 즉, '나의 마음' '화자의 마음' '시인의 마음' 같은 말들은 적어도 강우근의 시 앞에서 잠시 내려놓는 것이 좋다. 그렇다면 이 마음들은 대체 누구의 것이라는 말일까. 아니, 지금 그것을 명료한 것으로 간주하고 누군가의 소유로 가정하는 것은 어딘지 이상한 일 아닌가.

차라리 강우근의 시는 마음을 기원으로 갖는 세계가 아니라 마음의 기원을 물으며 거기에서부터 시작하는 세계이다. 시인은 마음이 어디에서 비롯되고 어떻게 윤곽을 갖게 되며 어디로 흘러가는지 담담하게 기록하고 있다. 이것을 반드시 시인의 의도로 환원할 필요는 없다. 적어도 이 시들에서 언표화된 마음은 개인의 내면이나 감정, 자아와 같은 익숙한 말의 숨겨진 기원을 상기하면서 서정의 진원지를 다시 묻고 있다는 사실을 분명히 하기 때문이다.

2. 동사형의 세계: 움직이는 만물과 그 모든 고유한 찰나들

어느 시인이든 첫 시집에는 '이 시인에게는 이것이 있었

구나' 여겨지는 시가 있기 마련이다. 두고 온 무언가에 대한 유소년의 이야기이기에 그렇다는 것만은 아니다. 누구에게 나 있었을 어떤 '첫 순간', 쓰기가 시작되었을 어떤 잠재된 지점이 환기된다는 의미에서 그러하다. 비유하자면, 벽장문을 열면 다른 세계의 입구가 열리던 동화 속 이야기가 일상 속 리얼리티일지 모른다고 알아차릴 때의 경이로움 같은 것 말이다.

친구들은 운동장에서 공을 차고, 너무 멀리 차버린 공을 주우러 나는 울타리 너머의 숲속으로 들어갔다. 교복에는 흙이 묻고 손에는 가시가 박혔는데

그 숲에는 다람쥐가 많이 살고 있었다. 나는 공을 두 손에 쥔 채로 한참 동안 서 있었고

"왜 이렇게 늦었어?"

친구들의 말에 "다람쥐가 너무 많았어."라고 말하지는 못했다. 친구들은 다람쥐를 좋아해서 다람쥐를 집고 싶어 했기에

(…)

새로운 도시를 옮겨 다닐 때마다

다람쥐와 비슷한 것을 집에서 키운다는 사람의 얘기를
듣는다.

사람들은 다람쥐와 비슷한 것의 사진을 보여주면서 웃
는다.

투명한 통 안에서 쳇바퀴를 굴리는 건 다람쥐가 아니다.

─「다람쥐가 있던 숲」 부분

화자는 공을 주우러 간 "울타리 너머의 숲속"에서 다람쥐
들을 발견한다. 교실과 운동장의 복작거림에서 이탈한 생의
리듬으로 가득 차 있었을 그 장면 앞에서 그는 한동안 멈춰
서 있었을 것이다. 그는 그곳을 지키고 싶어 친구들에게 거
짓말을 한다. 그리고 이후에도 종종 일상 속 자기만의 비밀
세계처럼 '다람쥐 숲'을 오갔을 것이다. 그곳을 떠나온 뒤에
도 다람쥐에 대한 무수한 이야기를 듣는다. 하지만 숲에서
"조용히 울창한 나무숲 이곳저곳을 옮겨 다니"며 이곳 세계
의 규율에 아랑곳없이 살아가던 그 다람쥐들은 아니다. 그
런데 이 시는 단지 화자의 경험과 기억의 강렬함을 떠올리
며 쓰인 것만은 아니라는 것이 중요하다. '나'는 "영영 잊히
지 않을 장면처럼, 다람쥐들의 기억에 멍하게 서 있던 내가
남았으면 좋겠다고 생각"한다. 화자가 연 벽장문 너머의 경
이로움은 '나'의 저편에 놓인 대상에게서 비롯되는 것이 아

니라 '나와 다람쥐들'이 연루된 세계와 관련되는 것이다.

이 시에서 보듯 '다람쥐'라는 말로 호환될 수 없는 존재의 비밀을 알고 있는 이가 말의 조건이나 제약을 고민하지 않을 리 없다. 사람들에게 포획되지 않는 몸짓들(「물고기 비가 내리는 마을」), 관리인이나 표지판이나 팻말 등에 아랑곳 않고 유영하는 존재(「물고기 숲」) 등에 대한 시들도 말에 갇히지 않는 세계에 대한 지지와 긍정의 산물이다. 물론 이에 앞서 많은 시인들이 말과 세계 사이의 어긋남에 대해 질문하고 고민해왔다. 어떤 이들은 아예 말의 제약과 임계를 방법화(목적화)하여 하나의 자율적 가상을 만들어보고자 했다. 또 어떤 이들은 말의 가능성에 대한 믿음 속에서 말과 세계 사이의 역학에 고투하기도 했다. 최근에 '재현'과 같은 말이 그러한 어긋남과 이 세계의 조건을 단적으로 상기하였고, 수년간 무수한 장소에서 거듭해 주고받아온 논의도 이런 것이었다. 그런데 강우근의 시는 거기에서 좀더 근본적인 무언가를 굴착하고 있는 듯하다.

가령 이 시집에 나타나는 이미지와 시어를 통해 내러티브를 재구성해본다면 이런 식으로 생각해볼 수 있다. 우리가 사는 세계는 광활하고 무한할 뿐 아니라 끊임없이 움직이고 시시각각 변하고 있다. 우리가 가진 말의 근본적 딜레마는 비단 공간뿐 아니라 시간의 문제와 관련되는 것이다. 실제 일상은 늘 움직이고 흘러가고 있는 풍경의 연쇄이다. 그 자리에 멈춘 상태로 놓여 있는 듯 보여도 모든 것은 보이지 않

게 늘 변화하고 있으며 어딘가로 이행하고 있다. 그럼에도
어떤 찰나의 순간이 홀연 스쳐갈 때가 있다. 즉, 한없이 미분
적인 차이들을 문득 알아차리는 어떤 순간이 있다. 그럴 때
면 사람들은 그 경이로움 앞에서 카메라를 찾고 메모지를
찾는다. 다음 시의 화자가 말하는 것도 어쩌면 바로 그런 순
간이다.

우리는 선생님의 인솔 아래 스케치북을 들고 공원으로
향했다. 친구들은 팻말이 달린 나무를, 작은 참새를, 하늘
을 떠다니는 구름을 그리기 시작하고

나의 눈앞에는 푸른 나비가 어른거렸다.

일회용 카메라를 드는 사이 다른 세계로 떠난 나비를
스케치북에 되살렸다.

방과 후에는 도서관에서 나비 도감을 펼쳐보았다. 삼천
종이 넘는 나비를 한마리씩 넘기는 사이 책을 읽던 친구
들은 떠나가고, 해는 저물어가고, 공원에서 본 푸른 나비
는 찾지 못했지만

도서관을 나온 푸른 저녁에
나는 문득 파피루아라고 불러본 것이다. 그리고 파피루

아는

(…)

여기서는 반딧불이가 보인다고 누군가 말했지만
그건 파피루아같이 우리가 알지 못하는 것이었으면 좋
겠다고 생각했다.

—「파피루아」부분

눈앞에 어른거리는 "푸른 나비"는 카메라를 드는 순간 어
디론가 사라진다. 그 잔상을 스케치북에 되살려보지만 그
푸른 나비는 아니다. 나비 도감에 실린 "삼천종이 넘는 나비
를 한마리씩" 넘겨보아도 그때 눈앞에서 어른거리던 푸른
나비는 찾을 수 없다. 기존의 어떤 말(범주)로도 환원할 수
없는 그 특이성의 순간에 화자는 아예 이 세상에 있어본 적
없는 말을 붙여준다. 즉, "문득 파피루아라고 불러"보는데
그것은 사실 '아피루파'여도 '루피아파'여도 상관없을 것이
다. 그러한 반짝임의 순간은 "파피루아같이 우리가 알지 못
하는 것이었으면 좋겠다고 생각"하는 화자의 말처럼 늘 고
유한 찰나이기에 세상에 있는 이름을 동원하여 가둘 수 없
을 터이기 때문이다. 이렇게 움직이고 어딘가로 흘러가듯
모든 것은 변하고 이행하고 있을 뿐이라는 이치를 아는 이
라면 어떤 강렬한 사건적인 순간뿐 아니라 말로 담을 수 없

을 그 앞뒤의 무한한 미시적인 순간들도 놓칠 리 없다.

예컨대 약간의 확률로 비가 내릴 것 같지만 또 약간의 확률로 비가 오지 않을 것 같은 날이 있다. 그런 날이면 우산을 든 손은 하루 종일 어색하고 어정쩡해진다. 이 익숙하면서 낯선 경험을 재치 있게 환기하는 시가 「우산을 어느 손으로 쥐어야 하나」이다. 시 속에서 비가 내린다는 것은 어떤 명료한 사건이다. 하나의 사건은 (심지어 파천황의 태풍 같은 것일지라도) 늘 직전과 직후의 시간들(사건들)의 연쇄 속에서 발생한다. 이 시는 어떤 사건이 예고되어 있지만 아직 징조만 느껴질 때의 그 어색한 시간을 한없이 미분(微分)하고 있다. 그것은 망설임과 주저함의 시간이고, 우리의 지각 범위를 초과하는 작은 순간들이다. 하지만 화자는 안다. "망설임은 매일 생겨나 고개를 들어 하늘을 보다가 어느 날 비가 되어 쏟아"진다는 것을. 사건은 언제나 측량할 방법 없는 모호함으로부터 홀연 발생한다는 것을. 또한 사건은 예기치 않게 갑작스레 발생하는 것으로 경험되지만 실은 늘 이렇게 좀처럼 지각되지 않는 조짐과 징후를 동반한다는 것을. 또는 다른 시의 화자의 말처럼 "좋아하는 맛을 처음 입안에 담아보면서, 좋아하는지도 모르고 음미하면서"(「말차의 숲」) 좋아하는 것이 만들어진다는 것을.

그럼에도 소소하고 잘 식별되지 않고 모호한 것들 앞에서 불안해하는 우리는 의미를 확정하기 위해 자꾸 윤곽을 부여하고 이름을 붙이고자 한다. 이 모든 유동성을 못 견뎌 해온 인간의 오랜 사유와 감각은 경직되고 고체적인 것을 상상한다. 그러니 세상의 개념은 자꾸 많아진다. 이 지점에서 강우근의 시는 질문한다. 이 세계는 본래 소소하고 잘 식별되지 않으며 모호한 상태의 연속 아닌지. 본래 끊임없이 유동하고 차이화하고 있으나 그것을 임의적으로 중지시키고 박제화하려는 강박이 모든 글자의 체계 속에 숨어 있는 것 아닌지. 그렇다면 이것 아니면 저것이라는 식의 양자택일이나 눈에 보이는 명료함은 어딘지 의심할 구석이 많다. 이것을 감지한 이들은 "말끔한 아침"과 "소독된 병실"과 "끝내주는 경기"와 "아무렇지 않"(「단순하지 않은 마음」)음 너머를 자꾸 상상하지 않을 도리가 없는 것이다.

3. 사물 마음

다시 마음에 대한 이야기이다. 이 시집 속의 마음들이 이렇듯 끊임없이 움직이고 있는 세계의 이치와 무관할 리 없다. 우선 '양초, 탁자, 우산, 신호, 점선과 원, 연, 돌, 드림, 병, 기차, 집, 물고기, 나무, 고양이, 숲, 금붕어, 강아지, 눈송이' 등과 같이 금세 눈에 띄는 목록을 일별한다면 이것이 '마음'이라는 말과는 달리 아주 구체적인 사물 세계를 암시함을 알 수 있다. 통상 사물은 무생물 혹은 도구와 같은 이미지로 떠오를 때가 많다. 도구는 필요와 유용성에 의해 의미를 갖는다. 이것이 누구의 필요와 유용성인지 굳이 적지는 않아도 될 것이다. 또한 이런 이해는 생물이나 미생물에 대해서도 크게 다르지 않아서 인간을 준거로 하는 세계관에 따라 범주화되곤 한다. 그 사물이 무엇이든 간에 인간이 주어로 놓인 구도 속에서 주어의 시점에 따라 의미가 주어지고 대상화를 피할 수 없다는 점만큼은 공통적이다.

그런데 '사물'이라는 말의 본래 의미(the thing)를 생각하자면 인간 역시 예외 없이 사물의 일종이다. 또한 사물은 반드시 개체로 존재하는 것만을 지칭하지 않는다. 개체성 자체를 판별하기 어려울 정도로 지각되기 쉽지 않은 것이기도 하다. 인간의 감각(가시) 범위에 들어오지 않는 사물이 얼마나 많을지 생각해본다. 그렇다면 그 자체로는 어떤 물질성을 갖지 않는다 하더라도 다른 존재(사물)를 움직이게 하거나 다른 존재를 포괄할 때만 비로소 의미를 가지고 사물이 되는 것들까지 사물로 지칭해야 한다. 추상적 개념으로서의 '화폐, 국가, 자본' 등이 그러하고, 이 시집 속의 '유령, 기호, 점선, 원' 같은 것이 그러하다. 요컨대 세상에 사물 아닌 존재는 없다는 말이다. 그러므로 이 존재의 단위는 반드시 개체(individual)가 아니라 분할체(dividual)일 수도, 횡단적 개체(trans-individual)일 수도 있다. 또한 이 시집 속의 사물들처럼 그저 내 앞에 놓여 있는 대상이거나 수동적으로 존재하는 물질이 아니다. 나만 사물을 보는 것이 아니라 사물도 나도 본다. 이 시집 속의 화자가 자꾸 사물의 사연을 짐작하고 그것이 "우리를 지그시 쳐다본다"(「그 돌을 함부로 주워 오지 말아줘」)고 말하는 것도 그런 이유일 테다. 이 시집의 표제작에서 강렬한 존재감을 발하는 '너'에 대해서도 이런 맥락에서 생각해본다.

> 네가 가까이 다가갈수록 너를 그것과 바꿔 부를 수 있을 것이다
> 창가에 키우는 식물이 많아질수록 너의 습관과 기분은 달라져 있을 것이다
> 식물에는 모두 그 씨앗을 흙 속에 묻은 정원사의 영혼이 담겨 있어
> 죽어가는 식물에서 조심스레 흘러나온 영혼이 너로 하여금 단단한 씨앗을 집게 할 것이다.
> ──「너와 바꿔 부를 수 있는 것」부분

'너'는 '나'와 가장 가까운 거리에 있는 존재를 지시하며, 직접 발화를 수반하는 인칭 대명사이다. 얼핏 '너'는 무엇으로도 대체될 수 없는 고유한 개체일 것이라고 생각하게 된다. 그런데 이 시는 첫 행에서부터 그러한 기대를 깨뜨린다. 화자는 '너'를 감히 '그것'과 바꿔 부를 수 있을 것이라고 적어둔다. "습관과 기분"은 '너'의 고유한 특질이라기보다 네가 "창가에 키우는 식물"들이나 그 식물의 씨앗을 심은 "정원사의 영혼" 같은 것들에 따라 달라질 것으로 그려진다. 여

기에는 물론 "네가 가까이 다가갈수록" 그러할 것이라는 전제가 있다. '너'는 "대화를 요구하는 사물을 거리에서 데리고" 와 "집"과 "마법 창고"를 채워갈 것이다. 게다가 네가 데려온 사물들은 정물이나 피사체가 아니다. 네가 없는 사이 그것들은 "너에 대한 대화를 나누고" '너'의 흔적을 짚어간다. 이것은 이 세계 사물 사이의 목가적 교감에 대한 이야기만은 아니다. 오히려 모든 사물의 방식과 양태를 다시 쓰는 존재론이다. 시 속의 '너'는 연결되고 접속되는 모든 사물의 총체, 혹은 보이거나 보이지 않는 모든 관계의 총체와 다름없다. '너'의 본래적 특질이 '너'를 규정한다기보다는 모든 사물의 얽힘(entanglement)이 곧 '너'의 특질을 구성하는 셈이다.

이 시 속의 사물들은 미리 결정된 어떤 구도(자아 vs 세계, 주체 vs 대상) 속 후자(세계, 대상)의 자리로 환원되지만은 않는다. 오히려 자아, 주체 등의 의미를 독점해온 인간과 나란한 지평에서 함께 존재하고, 그것을 인간의 말로 번역하는 화자를 함께 구성해간다. 본래 '너'와 사물들이 구별되어 있었다기보다 서로 접속하고 얽히는 과정에서 역설적으로 '너'와 '너 아닌 것'이 식별되는 것인지 모른다. 이 시집의 접속과 연결의 존재론은 '너'의 고유성과 비밀("열쇠")을 지우는 것이 아니라 곱셈이나 덧셈의 형식으로 존재를 상상하게 한다는 말이다.

한편 「하루 종일 궁금한 양초」의 '양초'는 단지 누군가의 시야를 밝혀주는 사물만이 아니다. 양초에 의인화된 화자의 역할이 부여될 때, 스스로 소멸하며 누군가의 시야를 밝혀주는 양초의 아이러니는 사라지는 매개자로서의 시인(시)의 운명과 오버랩되기도 한다. 그런데 여기서 유의할 것은 양초의 시점이 궁극적으로 드러내는 것은 화자 쪽이라기보다 실제 양초의 위치에서 보여질 세계라는 점이다. 물론 사물의 관점에서 인간 세계를 풍유하는 것이 낯설지는 않다. 하지만 이것이 세계를 장악한 화자의 서정으로 환원되지 않는다는 점은 다시금 강조되어야 한다. 이때 화자의 어투가 궁금함과 질문으로 일관되는 것도 당연하다. 마치 「너와 바꿔 부를 수 있는 것」에서의 화자가 '~ㄹ 것이다'라는 어투로 일관하며 확신과 단정을 피하는 것처럼, 화자의 역할을 부여받은 양초 역시 단지 궁금해하고 질문을 거듭하며 미루어 짐작할 뿐이다. 이 시집 속의 세계나 마음이 어떤 명료한 형태가 아닌 것에 상응하듯 화자들 역시 자주 명료한 어조로부터 이탈한다. 단호함과 확신은 이 시집에서 오히려 미심쩍은 것들이다.

이 시들은, 시선을 독점하는 위치의 권력에 대해 잘 알고 있다. 타자의 시선을 상상할 때조차 그것이 결코 자기로 환원될 수 없음도 안다. 강우근의 시는 세계 만물이 궁극적으로 특정 위치의 시선에 독점될 수 없다는 사실, 그리고 그것들에 궁극적으로 가닿을 수 없다는 사실에 마음을 쓴다. 그렇다고 하여 시 속의 사물이 초월적이거나 숭고한 대상으로 놓여 있는 것은 아니다. 화자는 목적과 용도로 설명되지 않는 그 사물만의 내력과 삶과 사연을 짐작한다(「민무늬 탁자」「주전자가 할 수 있는 일」). 단지 특정한 시선으로 환원될 수 없는 잔여를 드러낼 뿐이다. 「설이가 먹은 것들」에서 아마도 인간 아닌 존재일 '설이'에 대한 화자의 애잔한 마음은 "단지 설이를 바라보는 나의 마음일 뿐"이라는 것을 스스로 안다. 설이는 '나'의 주관 속의 설이가 아니라 "지겹도록 태양을 돌고 도는 행성 같은" 것이며 "나보다 더 오래 살고 완강"할 수 있음을 화자는 안다. 화자는 사물을 둘러싼 시선의 주박(呪縛)을 풀어내주려고 애쓰고, 그 애씀조차 시선의 조건을 벗어나지 못하는 딜레마를 피하지 않는 것이다.

즉, 강우근의 시는 근본적으로 인간, '나', 시인, 화자를 비롯하여 이 사물 세계가 어떻게 존재하고 있는지 생각하게 한다. '나'의 진술들은 곧 "할머니의 주전자에서 흘러나오는 이야기가 내 꿈속으로 밀려온"(「주전자가 할 수 있는 일」) 연속선상의 한 사건이다. 현실과 꿈, '나'와 사물처럼 이질적인 것들은 서로 접속하면서 이 세계를 구성한다. 접속하는 관계들이 증폭될수록 존재도 커진다. 그렇다면 이 시집 속의 마음은 곧 마주침과 연결된 신체 자체이다. 또한 원리적으로 누구에게도 소유될 수 없는 유의 것이지만 그 양태만큼은 구체적이고 유물론적이다. 이런 의미에서 '시인의 마음' '사물의 마음' 같은 말보다 '사물 마음' 같은 말을 떠올려도 좋지 않을까. '나'와 '너'의 마음이 언표화되어 있다고 하더라도 강우근의 시는 결국 그러한 마음을 소유하고 있는 '나/너' 자신이 아니라 세계 속에서 생겨나는 마음의 체험을 그려내기 때문이다.

4. 기쁨의 윤리학

어쩌면 현생 인류가 알고 있는 가장 내밀한 표현 장르의 하나가 시일 것이다. 내밀하다는 것을 우리는 종종 개인적인 것, 사적인 것의 일종으로 이해한다. 내밀한 것의 궁극일 '비밀'은 누구와도 공유할 수 없는 지대에 놓인다. 자아와 세계의 대결 구도 속에서 궁극적으로는 자아 쪽의 우위를 확인하는 서정시의 이념이나 세계관도 이런 이해와 무관하지 않다. 하지만 자아든 내밀한 것이든 본래부터 어떤 무균실 혹은 진공상태에 놓여 있었을 리 없다. 그것은 이미 세계 속에서 무언가들이 어떤 신체를 매개로 교호하면서 만들어내는 내적 표상의 일종이다. 그리고 이것이 이론이나 활자화된 말에 불과한 것이 아니라 실제 리얼리티로 체감된 계기가 지난 코로나 팬데믹의 시간들이었다. 대부분의 시가 쓰였을 그 시간들을 생각한다면 이 시집이 놓인 자리와 의미는 너무도 정합적이다. 어떤 고유성과 특이성들조차 '나'를 초과하는 지점에서 홀연 발생하는 것이다. 이 시집에서 개체를 초과하는 것의 이미지(빛, 공기 등)가 자주 눈에 띠는 것도 이러한 맥락에 조심스레 겹쳐본다.

강우근 시의 비밀은 곧 이 세계 자체의 비밀(「너의 신비, 그것은 세계의 신비」)이고, 이것은 그저 수사가 아니라 글자 그대로 그러하다. '너', 타자, 관계를 말할 때 그것은 종종 선이나 도덕 등에 정향되어 이해되곤 하였다. 하지만 이 시인은 '너', 타자, 관계 등을 그러한 특정 가치들로부터 결별시키고 이것을 존재론의 문제로 전환한다. 강우근의 시가 가치를 부정한다는 말은 아니지만, 그의 시가 보여주고 있는 것은 가치의 문제이기 이전에 존재와 그 양태의 문제이다. 이것은 그가 '희망' 같은 말을 제목으로 단단하게 붙잡아놓는 자신감에서도 확인할 수 있다. 오늘날 '희망'은 더없이 불안하고 미심쩍은 말로 여겨지기도 한다. '희망'이라는 말에 맹목했던 시대가 소멸하면서 상대적으로 무심함이나 비관이나 냉소 등이 시대정신처럼 여겨지기도 한다. 실제 희망이라는 말은 어떤 궁극의 목적에 정초되어 있던 시절의 흔적이다. 또한 그러한 '궁극의 목적'은 종종 진보, 성장과 같은 가치 쪽에 정향되어 있던 것도 사실이다. 하지만 그러한 반성(reflection)과 함께 의도치 않았을지라도 함께 지워져간 것은 아직 오지 않은 시간에 대한 상상일지 모른다.

"하늘은 미래의 새들로 가득하고//날이 좋은 공원의 벤치에는/언제나 가능성이 있다"고 말하는 시 「희망」은 우리가 알고 있던 '희망'이라는 말을 다시 쓴다. 이 시에서 '미래'와 '가능성'은 어쩌면 '희망'과 대체될 수 있는 말이다. 이것은

170

'낮잠, 대화, 고양이들의 숨바꼭질, 새의 휴식, 꿈속' 같은 일상의 소소한 풍경들에 의해 의미를 확보한다. 즉, 이 시집이 말하는 '희망'은 시간(미래), 가능성(아직 현행화되지 않은)과 관련하여 구사되는 중이다. 사전적으로 미래란 아직 오지 않은 시간이다. 아직 무엇이 될지, 어디로 갈지 알 수 없는 상태이기에 그것을 부정한다는 것은 있을 수 없는 일이다. 또한 이 시간은 반드시 직선의 이미지만은 아니다. 가령 "쿠키를 먹을수록 쿠키를 먹는 어린 내가 생겨난다"(「모두 다른 눈송이에 갇혀서」)고 말하는 화자의 말에서 왜 '생각난다'가 아니라 '생겨난다'가 쓰였는지 짐작해본다. 통사적으로 틀린 것은 없지만 어딘지 어색한 이 문장은 결국 박제된 시간의 반복이나 일직선상의 시간이 아니라 시간을 현재 속에서 재배치하며 무언가가 계속 생성되는 장면을 더없이 적확하게 이미지화하고 있지 않는가.

요컨대 『너와 바꿔 부를 수 있는 것』은 부드럽고 단호하게 서정의 진원지를 되묻고 있으면서도 스스로의 질문을 배타적 선택지 속에 두지 않는다. 세계를 한없이 미분하는 시들 속에서 역설적이게도 세계 전체의 어렴풋한 윤곽이 드러난다. 이 시집은 세계 만물을 연결하면서 하나의 대상을 생산한다기보다 일련의 관계들, 강렬도를 생성시키며 독자를 그 과정에 연루시킨다. 이 내밀한 이치를 들려주고 사라지는 매개자들이(「나무들의 마을」「말차의 숲」) 이어서 보여줄 세계는 어떤 것일까. 이 글이 미처 다 적지 못한 시들의 무수한 의미는 지금 어떻게 무엇과 접속하면서 기쁨의 윤리학을 써 내려가고 있을까. "우리가 알지 못하는 곳을 밤까지 떠돌다가" "여전히 연으로 남아 하늘의 풍경을 몇번이나 뒤집"(「고요한 연은 하늘을 몇번이나 뒤집고」)는 '연'과 같이 이 시인이 거듭 새롭게 고쳐 보여줄 세계가 더없이 궁금해지는 것은 이 시집을 읽는 독자가 경험할 즐거운 미래일 것이다.

金美晶 | 문학평론가

꿈은 하늘에서 내리는 빗방울처럼 우리가 누군지 투명하
게 깨닫게 하고,
쏟아지는 빗물처럼 꼼짝없이 우리를 생각하게 만들어

꿈이라는 속성은 누구도 피해 가지 않으며 다가온다 식
물이 조금씩 자라나는 것처럼 희미하고 아름답게, 지하철이
내부에 있는 사람을 상영하는 것처럼 조용하게

슬픈 건 어린 나무가 어른 나무가 되어 자라나다가 발밑
에 빗물이 닿지 않은 날이 올 수도 있다는 것
슬픈 건 사라지는 모국어를 가진 사람이 같은 노래를 부
르는 누군가를 찾아 나서는 것처럼
매일 조금씩 사라지는 곳에 우리의 꿈이 있다는 것

조용한 꿈을 꾸고 싶다

세계라는 것이 어디 있는지 들추는 인간들 사이에는 없

는, 코끼리를 생각하지 말라고 하면 더 생각하는, 그렇게 코끼리가 숨어들었던 숲이 해체되는 것을 기어코 봐야 하는 인간의 꿈이 아닌 각자의 햇볕을 이끌고 들판에서 이리저리 뛰어노는 아이들처럼, 이유 없는 마음처럼 시작되는 꿈

그건 당신이 볼 수 없는 당신의 표정 같은 걸까, 잠에 빠지는 동안 생겨나는 당신의 세포 같은 걸까

박수를 필요로 하지 않는 것
우리가 동시에 쓸 수 있는 하늘이라는 모자
당신의 시선 바깥으로 흘러가는 하나의 구름,
아이들이 외쳐도 아무도 모르는 구름의 행방
가꾸어지지 않은 숲에서 들리는 이름 모를 새의 노래
단 하나의 무늬를 가진 물고기가 평생 물속에서 유영하고 싶은 감각

시를, 그런 꿈을 받아 적는 동안 일어난 일이라고 부르고 싶다

2024년 1월
강우근

창비시선 496

너와 바꿔 부를 수 있는 것

초판 1쇄 발행 / 2024년 1월 25일
초판 2쇄 발행 / 2024년 6월 26일

지은이 / 강우근
펴낸이 / 염종선
책임편집 / 한예진 박문수
조판 / 박지현
펴낸곳 / (주)창비
등록 / 1986년 8월 5일 제85호
주소 / 10881 경기도 파주시 회동길 184
전화 / 031-955-3333
팩시밀리 / 영업 031-955-3399 편집 031-955-3400
홈페이지 / www.changbi.com
전자우편 / lit@changbi.com

ⓒ 강우근 2024
ISBN 978-89-364-2496-1 03810